每一个不曾起舞的日子，都是对生命的辜负。

——〔德〕尼采

人的生命似洪水在奔流，不遇着岛屿、暗礁，难以激起美丽的浪花。

——〔苏〕尼古拉·奥斯特洛夫斯基

逆商培养

成长路上打怪升级

祝珊珊 主编

远方出版社

图书在版编目（CIP）数据

逆商培养：成长路上打怪升级 / 祝珊珊主编. --
呼和浩特：远方出版社，2023.12

ISBN 978-7-5555-1681-1

Ⅰ. ①逆… Ⅱ. ①祝… Ⅲ. ①思维方法－少儿读物
Ⅳ. ①B804-49

中国国家版本馆CIP数据核字(2023)第242173号

逆商培养：成长路上打怪升级

NISHANG PEIYANG：CHENGZHANG LUSHANG DAGUAI SHENGJI

主　　编　祝珊珊
责任编辑　于丽慧
封面设计　VIOLET q1152979738
出版发行　远方出版社
社　　址　呼和浩特市乌兰察布东路666号　邮编010010
电　　话　（0471）2236473总编室　2236460发行部
经　　销　新华书店
印　　刷　天津中印联印务有限公司
开　　本　710毫米×1000毫米　1/16
字　　数　150千
印　　张　13
版　　次　2023年12月第1版
印　　次　2025年1月第1次印刷
标准书号　ISBN 978-7-5555-1681-1
定　　价　42.00元

前言

著名教育家陶行知先生说："不要担心挫折，应该担心的是怕挫折而不敢让孩子做任何事情。"

人生在世，难免会遭遇逆境，这个时候，有的人会积极乐观、勇敢面对，有的人则患得患失、畏首畏尾。一个人对待逆境的态度，可以追溯到他儿时的教育。

通常来说，父母都希望给孩子提供最好的生活，在物质（衣食住行）和精神（情感、心理等）上都尽量满足孩子，唯恐孩子受半点委屈。在教育孩子时，父母也倾向于采用赏识教育，期望通过积极的肯定和鼓励，帮助孩子实现自我认同、自我提升、自我突破和自我超越。但是，在实施赏识教育时，过度的赞扬和不恰当的鼓励可能会产生负面效应。

例如，孩子期末考试取得了好名次，父母表扬孩子聪明好学，却忽略了对孩子勤奋努力的肯定；孩子某方面表现优秀，父母一味地夸奖，而忽视了孩子其他的弱点和不足；孩子因为受到老师的批评而情绪低落，父母就以物质和金钱作为安慰和鼓励，而不是正确地引导孩子如何面对批评……

还有不少父母觉得自己"吃过的盐比孩子走过的路还要多"，拥有更丰富的生活经验和智慧，于是在孩子遇到困难时，大包大揽地替孩子解决问题。甚至对于孩子可能遇到的困难，他们也会提供多种应对方案，力求做到尽善尽美。如果不对孩子鞍前马后，有求必应，他们就觉得自己是不称职的父母。

很多父母对孩子的一切包办代办，其实是基于一个很淳朴的想法，那就是让孩子有更多的时间去学习。他们认为孩子当下最重要的任务就是学习，学习好了比什么都强。家务活甚至孩子自己的事情，孩子都可以不用管，不用做。

实际上，父母的这些做法只会让孩子产生错误的认知，对自己没有清晰的定位，导致过度以自我为中心、狂妄自大、刚愎自用，对挫折和犯错的承受力大大下降。于是，孩子稍有不顺就自暴自弃、一蹶不振，遇到困难便裹足不前、选择放弃……现实中有些成绩很好的孩子，一次考试失败就情绪崩溃，也是这个原因。

保罗·史托兹教授在他的著作《逆商》里，提出了“逆商”这个概念。所谓逆商，是指人们面对逆境时的反应方式，即面对挫折、摆脱困境和超越困难的能力。大量资料显示，在市场经济日趋激烈的21世纪，年轻人创业成功与否，不仅取决于是否有强烈的创业意识、娴熟的专业技能和优秀的管理才华，而且在更大程度上取决于其面对挫折、摆脱困境和超越困难的能力。

当生活的风雨席卷而来的时候，逆商才是孩子抵御风浪的坚硬盔甲。所以，父母应放手让孩子接受生活的摔打与磨练，走出“舒适圈”，培养直面挫折的勇气和化解困境的能力。

本书对培养孩子逆商的策略、技巧进行了科学的梳理，聚焦于适当放手、情绪宣泄、接纳不完美、认知力、耐挫力、处理力、思考力等七大维度、四十三个主题，帮助父母由内而外地提升孩子的韧性与抗挫能力，引导孩子以积极、正面的思维方式去面对生活和学习中的困难，实现自我突破，释放生命的无限潜能，从而超越平庸，追求卓越。

目　录　Contents

1 CHAPTER

父母最深沉的爱，便是放手

2

CHAPTER

给孩子的情绪找个宣泄的出口

3

CHAPTER

培养勇气，不惧人生的挑战

4

CHAPTER

共情与接纳不完美的孩子

5

CHAPTER

孩子不可任性，要有韧性

6

CHAPTER

父母的自我觉醒：培养孩子的认知力

7

CHAPTER

帮助孩子养成坚柔兼具的耐挫力

8

CHAPTER

有效联动，培养孩子的独立思考能力

1

CHAPTER

父母最深沉的爱，便是放手

父母的“溺爱”，是桎梏孩子成长的枷锁

父母“无能”，孩子更独立

放手，才是真的爱孩子

请不要用“爱”来控制孩子

重新定义，不把孩子当“小屁孩”

让孩子在被拒绝中审视自己

老师的批评更利于孩子进步

父母的“溺爱”，是桎梏孩子成长的枷锁

曾经有这么一则新闻：一个大学生，上大学之前每次吃鸡蛋都是妈妈剥完壳给他吃。有一次在学校食堂吃饭，他把鸡蛋连壳一起吃，还说：“这个鸡蛋怎么和家里的不一样呢？”

无独有偶，东南大学的一位教师说，一些学生考入大学、离开父母后，难以适应自理自立的生活方式。一位考上南京某大学的高才生，入学一个月便将自己的各种证件、钱物等都丢失了，并且无法应付简单的日常生活。学校不得已，只能要求他的父母到学校帮助他料理生活。后来这个学生还是无法适应，只好休学回家。还有一些大一、大二的学生，将换下来的脏衣服打包快递回家，让父母洗了再寄回来。

这些都是溺爱造成的恶果。有些父母可能在童年时期经历了严格的管教或物质条件的限制，因此在成为父母后，出于一种补偿童年缺失的心理，他们对孩子完全放任，要什么给什么，并且认为孩子的生活比自己小时候好是理所当然的。有些父母出于工作等原因，不能经常陪伴孩子，这让他们内心感到愧疚，于是常常为孩子购买昂贵的玩具，满足孩子的任何要求，以此弥补无法经常陪伴孩子的遗憾。

然而，不正确的爱只会害了孩子。一些教育专家将父母对孩子的溺爱比喻为“甜毒品”，表面上香甜可口，但从长远来看，它就

像毒品一样，会对孩子的成长造成不良影响。

在溺爱型教养模式中，父母很少给孩子建立规则，对孩子过度宽容放纵，并且无条件地满足孩子的各种需求。在溺爱教养模式下成长起来的孩子，往往以自我为中心，缺乏责任感、同理心和换位思考的能力，不能明辨是非。同时，由于父母的过度保护，这些孩子长大之后通常缺乏独立自主的能力。加上一些父母对孩子物质上的过度满足，容易使孩子养成挥霍浪费、不懂节制的恶习。

年幼的孩子就像一株嫩绿的藤蔓，十分脆弱，需要父母无微不至的照料。与此同时，孩子的人格等方面的发育还未成熟，父母应当成为孩子心目中那棵挺拔的树，牵引他们朝正确的方向攀爬，这个方向其实就代表了规则。父母教育孩子的最终目标是让孩子能够适应未来的生活，因此在日常生活中应当教导他们学会独立生活，而不要一味地觉得他们无法胜任。实践证明，对孩子适度的严格要求，不但不会对孩子造成伤害，还有利于孩子的成长。

王羲之年幼时，父亲便教他习字，要求甚严，最终王羲之成为百代书圣；曾国藩严整家规，教子有方，曾氏家族大名远扬；巴顿的父亲要求他每天早上苦读，造就了一位叱咤战场的铁血将军……这些家长对孩子严格要求，从不宠溺，因为他们深知宠溺不是真正的爱，反而会给孩子的成长带来伤害。

记住，如果你让孩子以为自己是家庭的中心，他就会错误地以为自己是世界的中心。这也许能给孩子一个快乐幸福的童年，却给他未来的人生带来了诸多的不确定性。孩子终究要长大成人，独立生活，只有从小培养其坚强自立的品格，孩子长大后才能像雄鹰一样飞得更高，像骏马一样奔驰得更远。

美国心理学家戴安娜·鲍姆林德根据家长对孩子需求的反应程度及是否对孩子建立规则，将家长的教养方式分为三种风格：权威式、专制式、纵容式。家长们不妨对照一下自己属于哪一种。

1. 权威式家教：权威式父母虽然会尊重孩子的观点，鼓励他们独立，但是也会对他们进行管教，限制他们的行为举止。

2. 专制式家教：专制式父母对孩子有着很高的期望，但并不做什么解释，不告诉孩子应该怎么做，界限在哪里，而且对孩子的需求回应也很少。他们往往会用体罚或者其他心理控制的方法来管教孩子，有时也会非常情绪化地责骂孩子，或者用一些很负能量的词，或者羞辱的方式，或者以收回爱的方式来管教孩子。他们不允许孩子质疑自己的决定，认为体罚可能是最好的教育方式。

3. 溺爱式家教：溺爱式父母对孩子很宽容、宠爱，以致缺乏必要的管理；他们很喜欢孩子，并且很关注孩子的需求，但是并不要求孩子自律，规范自己的行为举止。

调研结果显示，权威式父母培养出来的孩子，长大后往往比较独立，而且在社交上比较成功，也能够尊重权威。

专制式父母培养出来的孩子通常缺乏安全感，所以他们可能会打破规则，或者表现出违反社会规范的举止。这些孩子自尊心不足，处世比较消极，易怒、好斗，在成长过程中缺少内在驱动力。同时，这些孩子在学业方面的表现并不好，和同伴相处也不太好。最后陷入一种恶性循环：父母对孩子越来越失望，孩子的状态也越来越差。

至于溺爱式父母培养出来的孩子是什么样子，前面已经有了详细论述。通过比较几种教养方式，我们可以大致得出结论：父母对孩子的教养，应尽量避免专制式和溺爱式，将关爱培养、尊重孩子及适当的限制相结合，这样的爱才能成为孩子成长的助力，而不是束缚孩子的沉重枷锁。

父母“无能”，孩子更独立

依赖是孩子在成长过程中比较常见的一种心理表现，主要表现为自立、自信、自主方面发展不成熟，过分依赖他人，经常需要他人的帮助和指导，遇事往往犹豫不决，缺乏自信，难以独立做出决策。

孩子依赖心理的产生与父母的过分照顾或过分专制有关。现在不少父母对孩子保护过度，一切为孩子代劳，孩子的头脑中完全没有解决问题的经验和方法，自然时时处处依赖父母。过度专制的父母还会一味否定孩子的思想，时间一长，孩子可能会内化这种否定，形成“父母对，自己错”的消极思维模式，走上社会也觉得“别人对，自己错”。这种教育方式剥夺了孩子独立思考、独立行动、提升能力、增长经验的机会，从而妨碍了孩子独立性的发展。

如果不能及时纠正孩子的依赖行为，任其发展下去，孩子有可能形成依赖型人格障碍，无法应对正常的生活、工作，内心缺乏安全感，很容易产生焦虑、抑郁等情绪，影响身心健康。

程程已经上小学五年级了，但她还是习惯睡懒觉。每天早晨妈妈催她起床，她总是哼哼唧唧地说：“让我再睡一会儿。”如果真的迟到了，她又会抱怨妈妈不把她从床上拽起来，害得她受到老师批评。几次过后，妈妈决定换种方式，她对程程说：“上学是你自己的事情，从明天开始，你自己调好起床闹钟。如果闹钟响了你还赖着不起，我也不会去叫你，一切责任自己承担！”

妈妈心里明白，程程虽然爱跟父母撒娇，但还是很在意自己在老师和同学心目中的形象的。果然，第二天早晨闹钟一响，程程马上跳下床来。自此以后，程程早起上学再也不用妈妈催了。

父母必须清楚，孩子终将长大成人，成为一个在社会上独立的个体。只有从小培养孩子的自我管理习惯，增强孩子行动的独立性、目的性和计划性，才有助于孩子今后的幸福和成功。

为了帮助孩子克服依赖心理，父母要敢于放手，让孩子去经历、解决和处理问题，学会用信任、肯定、正面的话语来支持孩子，让孩子慢慢学会照顾自己。

很多时候，在众多声音和意见中，依赖性强的孩子可能会感到迷茫，找不到正确的方向。这个时候，父母应该鼓励孩子相信自己

的判断，并支持孩子的决定。即便孩子的决定并不是很完美，父母也应该鼓励孩子大胆表达想法并坚持自己的决定。这不仅是对孩子的尊重，也是对孩子的信任。当然，在孩子做出错误决定的时候，父母也可以分享自己的看法，并在孩子意识到自己的想法错了以后，及时对孩子的发现表示赞赏。这样做有助于孩子慢慢学会正确地判断事物，发展出独立思考的能力。

当孩子体验到了“胜任感”“掌控力”，体验到了自己的力量，才会逐渐建立起自信，从而摆脱对父母的依赖心理。

放手，才是真的爱孩子

著名教育家陶行知提出："要解放孩子的头脑、双手、双脚、空间、时间，使他们充分得到自由的生活，从自由的生活中得到真正的教育。"这是一条符合教育规律的至理名言。父母需要做的，是在孩子遇到困难时提供帮助，而不是接手代劳，这样才有助于提高孩子的动手能力和解决问题的能力。

缺乏动手能力的孩子，性格懦弱，没有独立精神，在离开父母的庇护后，他会感到手足无措，不敢行动，也不敢负责任，这将成为他未来事业成功的一大障碍，对他的生活也会造成不良影响。

小鹏是家中独子，自小被家人捧在手心，什么都不让他做。他四五岁时，全家人还围着他不停地转：吃饭有人喂，衣服有人穿，东西有人递，真是名副其实"衣来伸手，饭来张口"。

有时小鹏也想帮忙做点事情，但通常都被阻止了。有时他看到妈妈在扫地，走过去想帮忙，妈妈却说："很快就扫好了，你到屋里看电视去吧。"渐渐地，小鹏习惯了不做事，即使大人需要帮忙，他也懒得做了。有时他在写作业，妈妈到他旁边扫地，他连脚都不抬一下；爸爸叫他帮忙拿东西，即使是举手之劳，他也不愿去拿。

其实，小鹏并不是天生就懒，都是因为家人没有从小对他进行培养，把他能做的事都代劳了。

现代心理、教育、社会科学的研究表明，父母的“包办代替”往往忽视了孩子健康人格的教育和培养，也扼杀了孩子创造的灵性和自主发展的精神，使孩子变得依赖性强，缺乏解决问题和迎接挑战的能力，成年后这些毛病可能还会继续保持，比如娇生惯养、任性、生活不能自理、出现心理倒退现象、无法适应新环境等。

邓琳是哈佛大学的博士，学习十分出色，但她从小娇生惯养，事事都由父母安排。结果走上社会后，她很快便遭遇了一系列挫折。因为始终找不到理想的工作，她患上了精神病。

“一切包办的孩子都没出息。”这是邓琳的妈妈反思自己的教育时所说的一句话。在邓琳成长的过程中，父母为她包办了学习以外的所有事情，导致她极其缺乏社会经验，加上从小在学习上出类拔萃，生活可谓一帆风顺，所以她的抗压能力很差，经受不了一点挫折。

与父母过分叮嘱和呵护形成鲜明对比的，是重视培养孩子的自理能力和自强精神的教育方法。在有的国家，父母从孩子小时候就让他们认识劳动的价值，要求孩子分担割草、粉刷房屋、简单木工修理等家庭事务，有时还要外出当杂工，出卖体力，如夏天替人修整草坪、冬天帮别人铲雪、秋天帮人扫落叶等。这些孩子的口号是：“要花钱自己赚！”

没有人天生就具备做事的能力，所有事情都需要通过学习和尝试来完成。孩子第一次自己吃饭，第一次独立入睡，第一次洗脸……这些在大人看来很简单的事情，对于培养孩子的独立意识和能力有着重要作用。父母要鼓励孩子大胆尝试，经常给予孩子正面肯定，如：“我相信你，你能行！”当孩子遇到困难或挫折时，父母要鼓励和引导孩子，不要打击孩子独立解决问题的愿望或者干脆包办代替，从而使孩子失去宝贵的锻炼机会。

为了增强孩子的自理能力，当孩子有能力完成一些日常小事的时候，父母应该放手让孩子去做，如穿衣服、整理玩具、打扫房间、做饭等。不要担心孩子做不好，也不要因为心疼孩子而代劳。过度保护只会削弱孩子的自信心，对培养孩子的独立性大为不利。父母不妨告诉孩子做事的步骤和注意事项，孩子经过几次尝试后，自然熟能生巧。

孩子上学后，父母应鼓励孩子主动承担一些班级工作，以增强孩子的责任感和主人翁意识，使孩子有机会面对问题，锻炼独立思考和解决问题的能力，增强独立的信心。

当然，孩子的独立性不是一天两天就能养成的，它是一个长期的、不断内化的过程，需要父母反复的强化和持之以恒的引导。当孩子掌握了某项技能或能够独立完成某件事时，父母要督促并鼓励孩子反复练习，直至养成习惯。

请不要用“爱”来控制孩子

孩子两三岁的时候，自我意识萌生，对于许多事情都想要自己做主，不管多么小的选择，都能给他们一种参与感，当他们自己做出选择后，他们会感受到自己的重要性，在心理上获得极大的满足感。

但在现实生活中，孩子一般很少有选择的权利，从吃穿到娱乐再到学习，包括吃什么喝什么穿什么、去哪里玩、和谁交朋友、报什么兴趣班，等等，父母都要插手安排，孩子只能被动地接受。如果孩子有不满情绪，父母可能会用权威来压制孩子，或者苦口婆心

地对孩子说："这都是为你好，爸爸妈妈是过来人，比你懂，听爸爸妈妈的，准没错。"父母们就这样打着爱的旗号，无意中剥夺了孩子的选择权，控制着孩子的生活。

特别是孩子上高中后，部分父母对孩子的管控也逐渐加强，全然不顾孩子的实际情况和感受。选择文理科时，她们会代替孩子做出选择；高考填报志愿时，更是不顾孩子的兴趣和意愿，选择一些自认为理想的专业，结果孩子进入大学后，对父母选择的专业不感兴趣而闹着要退学，这时父母再后悔也于事无补了。这样的例子并不少见，它给父母们敲响了警钟：与其越俎代庖，不如给孩子充分的选择权。

瓦伦蒂娜·韦扎利 5 岁时，对击剑运动产生了浓厚的兴趣，但她小时候身体十分瘦弱，似乎并不适合这项运动。然而，她铁了心要学击剑。

韦扎利的父母都不懂击剑，觉得这是一种"看不懂的玩意"，不支持女儿从事这项运动，父亲的反对尤其强烈。直到发现韦扎利天赋的启蒙教练拍着胸口向韦扎利的父亲保证，韦扎利将来会站在奥运会的赛场上，韦扎利的父亲才在疑虑中同意让韦扎利学习击剑。

后来，韦扎利 6 次参加奥运会，拿下六金一银二铜，金牌和奖牌总数在击剑女选手中排历史第一位，如果算上男选手，也可以排到第三位。

韦扎利在世界锦标赛上的表现同样优秀：她 16 次拿下冠军，其中 6 次是个人赛冠军。可以说，在 21 世纪的头 10 年，女子花剑就是韦扎利的时代。

正是因为韦扎利坚定了自己内心的选择，所以才成了举世瞩目的花剑女神。

假设韦扎利的父母没有尊重孩子的选择，那么奥运历史上便少了这位花剑女神的传奇篇章，我们也无法见证一个人关于天赋和选择的精彩人生。

是的，也许父母可以基于自己丰富的人生经验为孩子指引方向，但是，这些条条框框也限制着孩子的发展，因为他失去了作为一个人最基本的权利——对自我的控制感。从本质上来说，父母的行为只是在满足自己的需要而不是孩子的。举个简单的例子，父母要给孩子选择金融专业，因为这个行业普遍被认为是一个高收入的行业，但孩子喜欢文学要选中文系，想想看，如果出现这样的情况，身为家长的你会如何应对？

孩子想要自主选择其实就是对自己的人生开始负责的信号，这种负责的态度是从小培养出来的，那些独立自主的孩子，父母很少干涉他们的选择，更不会把自己的理念和期待强加给他们。所以，当你极力要求孩子按照你选择的道路前进时，有没有认真想一想，这样做是真的为了孩子好，还是更多的带有自己的期待和需求在里面？

步入社会之后，孩子将面临众多选择，包括选择从事的行业，是自己创业还是加入某家公司……每一天都面临选择，这就需要孩子具备独立性、责任感、判断力。如果他只会等着别人来帮他做决定或者解决问题，那他必然不会受到别人的重视，也不可能取得成功。

那么，在生活中，父母应该如何尊重并培养孩子自主选择的好习惯呢？

古希腊哲学家苏格拉底有句名言："认识你自己！"很多时候，人们面临选择时往往不知道自己到底该做什么，如果孩子也有这种疑问，父母要帮助他发现自己，认识自己。

对于孩子的选择，父母可以引导但不要操控。孩子出生后，父母会参与孩子成长的每一步，包括他上哪个幼儿园、哪所小学、哪所中学，考哪个大学、学什么专业，直到未来的职业选择、择偶标准，父母都努力为孩子做好万全准备，唯恐有所疏漏。可是，父母能为孩子规划一辈子吗？不要说一辈子，父母能设想10年甚至20年后孩子的样子吗？谁又能预知未来？正因为他们是孩子，他们有广阔的天空，有无限的可能。

有些父母可能会说，孩子没有常性，如果什么事都让他自己决定，到底有多少事能坚持到底？其实完全不必担心。少走弯路也许可以让孩子更迅速地通往成功，但即使是弯路，也属于人生必经的过程，从中得到的也远比失去的多。孩子自己决定自己要做的事情，会使其内心产生强大的推动力，最终他会因此有所成就，比父母强加给他要好得多。

假如孩子的选择真的不太合适，父母可以给些提醒，并且在孩子遇到挫折后给予理解和帮助。另外，不要在孩子树立理想初期就给孩子太多的压力和警示，这样做很可能会打击孩子的积极性，使孩子轻易放弃自己的理想。

教育孩子的艺术体现在父母坚信孩子能行。如果父母经常对孩子说“你能行”，对孩子表达信任和肯定，他会感到身后有一股强大的力量在支撑着自己，而这股力量将激励他做到更好。

重新定义，不把孩子当“小屁孩”

在传统观念中，人们往往认为父母知道的永远比孩子多，然而随着时代的发展，这一固有认知被打破了。因为孩子有了五花八门的接收信息的方式，他们可以上网，可以跟朋友聊天，在接收信息及接受新事物的能力方面，应该说子代比长辈更具有优势。

随着家中电脑的普及，孩子对上网操作得很熟练，常常成为父母的老师，教父母如何应付不断涌现的知识、信息和技术。美国麻省理工学院媒介实验室的研究人员为此提出“以孩子为师”，并倡议改变以往的教育理念。

这也意味着，在信息时代，要做一个合格的家长，必须努力学习，包括向孩子学习，了解一些信息，知己知彼才能百战百胜。

晚饭后，李军一直在摆弄那个坏掉的音响，可弄了半天还是没有修好。这时，儿子从房里走出来，看他的打扮似乎准备出门去玩。李军叫住他：“过来帮我看看这个音响，再修不好就得换了！”“爸爸，您是让我帮您修音响吗？可是我以为——真是太难以置信了！您从来都不会找我做这种事的。”

在李军略显尴尬的目光里，儿子脱下外套，蹲下来和父亲一起研究那个音响：“这个导线接触不太牢固，我猜毛病就出在这上面！”

李军惊讶地看着儿子，说："你怎么会懂这么多？"儿子笑道："爸爸，我不是告诉过您，我参加了学校的电器小组吗？以后家里的电器坏了，需要帮忙时您说一声就行！"

这事以后，李军发现儿子懂事多了，每次看到父母做家务，他都会礼貌地问一声需不需要帮忙，而且他还买了一些物理方面的书籍，一有空就坐在房间里研究。现在儿子已经成为家里的"电器专家"，老师也反映说他上课变得很认真了。

美国著名哲学家米德认为，当代青少年有着很强的文化反哺能力，他们能够把自己对不断变动中的社会生活的理解及不断涌现的新知识传递给自己的长辈。而在孩子身上，的确有很多值得父母学习的地方。

比如在电脑、电视机、手机乃至智能家电等各式各样的新事物面前，父母的知识和动手能力可能会落后于孩子。再如一些美德，可能孩子都知道，父母却不以为意。比如，不随手乱扔垃圾、不插队、不占小便宜等行为。这些代表了孩子金子般的品质与纯洁的内心。孩子的简单与善良，同样值得父母学习。

现代教育是父母与孩子相互影响、共同成长的教育。向孩子学习是成年人真正成熟与睿智的标志。需要注意，我们向孩子学习是出于对他能力的认可，而不是为了哄他开心。孩子小的时候，父母可以为了强化他对某些知识的记忆而鼓励他当小老师，但是等孩子长大、上学以后，父母向孩子求教时，一定是真的想从孩子那里学习某些知识，然后虚心询问，认真学习。

例如，妈妈发现孩子使用新买的智能手机非常熟练，便虚心求教，孩子耐心地教妈妈如何使用各种应用程序。孩子在充当老师的过程中会感到很自豪，进而产生责任感和自信心，被父母长辈看重，对于一个渴求发展的孩子来说是弥足珍贵的。有很多成功者就是因为小时候得到了师长的鼓励和尊重，从而创造了人生的辉煌。

需要注意的是，父母向孩子求教主要是为了获取知识以及展现虚心求教的学习态度，所以不要总想着借机教育孩子什么，更不要从最初的求教变成最后的说教甚至吼叫。问题研究完了、探讨完了，这一页就可以翻过去了，最好的结束语只有两个字，那就是“谢谢”。

让孩子在被拒绝中审视自己

一天，妈妈带小诺去公园玩。公园里很热闹，小诺看见有几个孩子正在草地上踢球，也很想加入，但又不知道该怎么办。

妈妈鼓励他说：“你过去问问他们，可不可以跟他们一起玩。”小诺鼓起勇气过去问了，但那些孩子玩得正开心，没人理睬他。

小诺把求助的目光投向妈妈，妈妈再次鼓励他：“你可以大声一点，刚才他们都没有听见。”

小诺又大声问了一次，有个小孩停下来，有点不耐烦地说：“我们人数已经够了，你到别的地方去玩吧！”

被拒绝的那一瞬间，小诺的眼神从期待变为失望。他沮丧地退到一边，但还是有点不甘心，便站在一旁看那几个孩子踢球。

回家的路上，妈妈问小诺：“他们不和你玩，你是不是很不高兴？”

小诺“嗯”了一声。妈妈耐心地解释说：“他们不愿意让你加入，是因为他们的玩伴已经够了。而且每个人都有选择朋友的权利，你有时不也会拒绝一些小朋友跟你一起玩吗？”

小诺低头沉思了一会儿，说：“我有时拒绝别人是因为我不想被别人打扰。”

妈妈说：“对啊，假如你在玩得正入迷的时候，别人突然想和你一起玩，你也会不高兴。其实这些小朋友也是一样的。”

小诺说："被拒绝的滋味太不好受了。以后如果有小朋友想跟我一起玩，我会同意的。"

妈妈说："其实，拒绝和被拒绝都是很正常的事情。别人有拒绝你的权利，包括爸爸、妈妈和你最好的朋友。不过，你也有拒绝别人的权利，没必要太勉强自己。"

小诺听了，似有所悟。

在成长的过程中，孩子不可避免地会遭遇拒绝。很多时候，让孩子体验一下被拒绝的滋味其实是件好事。但要让孩子知道，被拒绝不等于被否定，被拒绝是很正常的，不用觉得难堪、丢脸。被拒绝并不是因为"我不好""我不受欢迎""我做错了什么""我惹怒了人家"，而是客观条件不能满足他的期望，或者是他提出要求的时机不合适，或者是别人有一些具体的原因，等等，这样孩子就不会将被拒绝和"我不好"画上等号。

当然，有时也不能排除孩子自身确实存在一些问题，比如玩游戏爱耍赖、捣乱等，所以别的孩子不愿意跟他一起玩。如果属于这种情况，父母应该引导孩子做事要遵守规则，适当收敛自己的行为，改正自身存在的缺点，这样才会受到别人的欢迎，在成长过程中不断进步。

很多时候，被拒绝只代表着这条路暂时走不通。如果孩子想要坚持，父母可以鼓励他再次尝试，说不定事情会有转机。如果孩子并没有那么执着，不想再坚持，那就试一试其他的道路，也未尝不可。

儿童心理学家缪曼博士认为："被拒绝本来就已经很伤孩子的自尊了，而父母为了安慰孩子，往往做出更过分的干预，结果把事情弄得更糟。"比如孩子被其他孩子拒绝一起玩后，父母直接过去拉起孩子就走，还让孩子对人说："哼，谁想跟你们一起玩啊！"

这样做，除了加深孩子们之间的矛盾之外，于事无补。一旦大人带上情绪做事，孩子就更容易受到伤害。所以，父母要做的是在孩子因为被拒绝而伤心、失落时，帮助孩子疏导、整理情绪。

上例中，小诺的妈妈在循循善诱中，让小诺明白了所有人都有拒绝的权利，但是，别人的拒绝是针对事情本身，而不是针对他个人，不是因为他不够好。同时，他也有对别人说“不”的权利。前一种情况，意味着一个人拥有平和的心态，面对拒绝，能够坦然接受。后一种情况，意味着一个人有自己的个性，有自己的主见，敢于对别人说“不”。

世界是不完美的，我们不可能给孩子创造一个完美的世界。我们能做的就是让孩子学会适应这个不完美的世界。孩子需要学会接受不可改变的东西，比如他人的想法、选择和权利，这样在将来才不会因为拒绝和被拒绝而产生过多的、不必要的心理活动。

同时，每一次被拒绝，对孩子来说也是一次很好的成长机会。父母可以引导孩子想一想，被拒绝了以后，自己还能做些什么？这样不仅可以让孩子遇到逆境时保持积极的态度，坦然面对生活中的不如意，还可以教会孩子未来在遇到挫折时坚持下去，不轻易放弃。

老师的批评更利于孩子进步

人人都喜欢听正面、肯定、赞扬的话，孩子自然也不例外，但“忠言逆耳利于行”这句古训说明，逆耳的语言虽然不中听，但能激励孩子进步。

在一篇题为《致孩子：希望你能遇见一位手持戒尺、眼中有光的老师》的文章中，一位妈妈为自己刚刚入学的孩子写下了这样一段文字：

“孩子，妈妈希望你能遇见一位手持戒尺、眼中有光的老师，当一个心怀敬畏、不丢信仰的学生。

……

“如果你在学校荒废学业、侮辱老师、欺凌同学，老师以他的方式批评你、惩戒你，你不要指望妈妈会站在你那边，状告老师，抹黑学校。妈妈做不到。因为，关注你成长的老师，在传道授业解惑的同时，有权利管教你。这本是教育的一部分，妈妈应对此给予支持。

“只有负责任的老师才管教学生。所以，对你要求严厉的老师，你不要心生敌意，反而要心怀感激。他期待你成才变好，才如此严厉。”

这位妈妈是明智的，她对老师批评学生的做法提出了自己独特的见解，认为老师批评学生是教育过程中的一个重要环节，旨在帮助孩子认识错误，改正不足，一切的出发点都是为了学生好，同时也告诫女儿对于老师的批评不要心生反感，而要心怀感激。

现下，不少家长都主张对孩子实行鼓励教育，认为多表扬孩子，多夸奖孩子，多给孩子传递“正能量”，孩子就能不断地进步，变得更加优秀。其实，这是一种片面的“鼓励教育”，它所造成的结果就是：在家里，父母舍不得批评孩子；在学校，老师不敢批评孩子。这也让孩子变得玻璃心，听不得任何批评。

五年级下学期，黄女士的女儿婷婷所在的班级开设了舞蹈兴趣课，婷婷跃跃欲试，报了名，还把书法课调到周末去上。可是，才上了几节舞蹈课，婷婷就要求退课。问及原因，她说老师上课时太凶了，还批评她动作不标准，这个舞蹈课太没有意思了。

面对孩子这种逃避困难的行为，有的家长会认为，既然孩子不喜欢上，那就不上好了，勉强没有好结果，为什么要让孩子委屈自己呢？确实，勉强的结果大多不如意，但是，孩子一遇到困难就退缩，难免一事无成。没有面对困难的勇气，也就失去了挑战自己的机会，失去了前进的动力。

黄女士决定跟女儿好好聊一聊，于是问她：“那你的动作是不是确实不标准呢？”

女儿一听更委屈了，嘟哝道：“我跟老师的动作明明是一样的，老师还说我。”

对于女儿的说法，黄女士倒是相信的，因为婷婷在外面的舞蹈培训机构学得还不错，动作也都比较标准。黄女士想了想，语重心长地对女儿说：“我想舞蹈老师可能是对你们高标准、严要求，因为这个舞蹈课是你们这学期新开设的，需要排出个像样的舞蹈节目，时间又比较紧张，这也可以理解。不过，老师批评你是针对舞蹈动作，并不是针对你啊！当然，我知道你不开心，人们受到批评的时候都会有这种感觉，可能会感到尴尬、沮丧、生气，这些都很正常。但是，你不能因为老师说你了就打退堂鼓。以后你会遇到各种各样的老师，有严厉的，有和蔼的，你需要去适应不同老师的教课风格和教法，这也是一个很好的学习机会呀。”

婷婷听了，似乎不再那么坚持要退掉舞蹈课了。黄女士又趁热打铁地给她讲了一个故事：

耕柱子是墨子的得意门生，不过，他总是受到墨子的责骂。有一次，墨子又责备了耕柱子，耕柱子感到很委屈，因为在众多门生之中，他是公认的最优秀的人，却经常受到墨子的批评。

一天，耕柱子忍不住向墨子抱怨说：“我犯的错并不比别人多，为何时常遭受老师您的责难？”

墨子听了之后问道：“假如我要上太行山去，用一匹好马或一头牛来驾车，依你看，我是鞭策马好呢，还是鞭策牛好呢？”

耕柱子不假思索地回答说：“当然是鞭策马好了。”

墨子又问：“为什么要鞭策马而不鞭策牛呢？”

耕柱子回答说：“马能够担当重任，值得鞭策。”

墨子告诉他：“我也认为你值得鞭策，所以才批评你。”

讲完故事后，黄女士笑着对女儿说：“婷婷，你现在就相当于这匹千里马。老师批评你是认为你能跑得更快，能有更大的进步，你应该感激老师才是啊！”

听完妈妈的话，婷婷脸上终于露出了笑容，似乎也不那么抵触老师的批评了。

有的家长可能会反感老师批评孩子，但是，如果老师对孩子的一切都视若无睹，不指出孩子的过错，忽视孩子的不足，这样的老师负责任吗？如果老师都做“老好人”，天天只把夸奖、表扬放嘴边，孩子又怎么能认识到自己的错误和不足，又怎么会有进步？

孩子不能永远在赞美中长大，适宜的批评对孩子有百利而无一害。所以，只要老师批评得当，父母就应该无条件地支持老师，并且引导孩子如何从批评中学习，以及如何以正确的态度处理自己的情绪。

小旭因为在上课时与同学讲话而被老师点名批评了，他向老师辩解说，他并不是在跟同学闲聊，而是因为没有听清老师的话，所以才问了一下同学。结果，老师认为他是在找借口，于是将他的座位调到了最后一排。在小旭看来，老师把个子矮小的他调至最后一排，是对他的惩罚。

回家后，小旭将这件事告诉妈妈，希望妈妈能为自己主持公道。妈妈相信他确实是想问同学，但是，他上课说话也是事实，老师批评他没有错，于是她对儿子说：

“老师的做法虽然让你感到委屈，但是，你本可以在课后再问同学，而不是在老师讲课时交头接耳，影响其他人，这次你就当吸取教训吧。

“还有，我觉得坐在最后一排挺好的呀！我上学时就喜欢坐最后一排，虽然跟老师的距离有些远，但视野却很开阔，可以看到整个教室的情况，同学们的举动也全在我的掌握之中，有种纵观全局的感觉。”

在妈妈的安慰下，小旭终于放下了心结，心态变得积极起来。经过一段时间的努力，他又“回归”了原来的座位。

一个人要想变得优秀，必须经受住各种考验，才能完善自我，攀登到人生的最高峰。孩子在成长的过程中，若想不断完善自我，有所进步，离不开老师的鞭策。这个鞭策，有时是一句苛刻的责备，有时是一次严厉的惩罚，也正是这些，让我们看到了孩子的不足。

对于老师的批评，父母应该告诉孩子：严是爱，松是害。老师的批评是出于对你成长的关心，是为了促进你进步。只有负责任的老师才会苦口婆心地管教学生。严格管教你的老师，才是最关心你的。老师对你不闻不问不管教，是最糟糕的惩罚。对于老师的批评，你不要心怀不满，而要心怀感激。

2

CHAPTER

给孩子的情绪找个宣泄的出口

探究孩子情绪背后的“隐情”

抱怨，也是一种情感宣泄

给孩子的愤怒找个出口

不搞“一言堂”，允许孩子争辩

化解孩子的情绪，倾听是最好的方法

接纳与共情，让孩子大声哭出来

探究孩子情绪背后的“隐情”

孩子的世界无忧无虑，同时孩子也容易受到外界的影响而情绪起伏不定，心情“晴转多云”。比如，其他同学受到老师的称赞，或者丢失了心爱的玩具，又或者搬家到陌生的地方，要与经常一起玩耍的小伙伴分开，等等，都会导致孩子情绪低落、大发脾气。

最近几个星期，小娟都一副闷闷不乐的样子。每天放学回到家，除了吃饭，她便一直待在自己的房间里，很少和父母说话。

原来，因为家里在其他区域买了新房，小娟也要跟着转学了。她舍不得离开自己的好朋友小静，她们从幼儿园到小学都在一个班里，两人兴趣相投，渐渐成了要好的朋友。可是搬家以后，她就再也不能跟小静一起玩了了。

可是，妈妈知道小娟的想法后并没有太当回事，只是说：“你以后也会交到很多好朋友的，没必要为这点小事烦恼，学习才是最重要的。”但是，小娟的心情一直没有好转，而且学习成绩也下降了。

其实，搬家对于大人来说都不是件轻松的事情，何况对于一个孩子。它意味着要离开自己熟悉的生活环境，还可能与熟悉的朋友失去联系。如果父母能够感同身受地表达自己对孩子的理解，比如

“我明白这一定让你感到难过”，然后认真跟孩子解释搬家的原因，鼓励孩子通过写信、打电话与好朋友保持联系，并在周末、假期创造机会让孩子们见面，同时鼓励孩子参与新社区的活动，帮助孩子顺利度过这个难熬的时期，逐渐建立新的友谊并适应新环境。

或许很多事情在父母看来不值一提，但在孩子心里却很重要。关键在于，父母要在乎孩子的感受，设身处地地理解孩子的感受，为孩子排忧解难。下面这位妈妈的做法就很值得提倡。

放学后，小茉和平常一样，跟几个小朋友一起在小区花园里玩耍。以前，不玩到妈妈喊吃饭，小茉是不会回家的，但今天她却提早回了家，而且一副闷闷不乐的样子。

细心的妈妈很快发现小茉状态不对，于是关心地问道：“小茉，怎么不玩了？发生什么事了？”

小茉“哇”的一声哭了起来：“没有人喜欢我，我没有朋友。”

听了这话，很多家长的第一反应可能是安慰孩子说：“怎么会呢？很多人都喜欢你，而且你也有很多朋友啊！”尽管从家长的角度来看确实是这样，但这对孩子起不到任何安慰的作用，他可能会因为你不相信他的话而更加生气。

然而，小茉的妈妈没有这么说，她决定了解一下究竟发生了什么事，然后再引导孩子思考。她问小茉：“你们在外面玩的时候闹矛盾了吗？”

小茉委屈地说：“小欣说我不是她的朋友，她喜欢小莫。”

原来，小茉受到了朋友的排挤，她的心情当然很糟糕了。妈妈抱了抱小茉，柔声说道：“难怪你心情不好！不过，你们之前在一起都玩得很开心，也许小欣今天也是心情不太好，所以才这样对你。明天上学后，你可以问一下她为什么这样说。”

妈妈的反应让小茉明白她有受伤的感觉是合理的，心情不好也是正常的，而帮助她寻求解决问题的办法可以让她学会更好地处理问题。

接着，妈妈又对小茉说："对了，今天妈妈做了你最喜欢吃的红烧肉，想不想先尝为快？然后，我们一起出去玩一会儿吧，妈妈可是很乐意做你的好朋友的。"

小茉听了，破涕为笑，高高兴兴地跟着妈妈进厨房去了。

如果父母认为孩子之间都是今天闹点小矛盾，明天就和好了，没必要放在心上，因而对孩子的异常情绪漠不关心，就会让孩子感到孤独、无助，觉得连父母都不理解自己、帮助自己，从而变得更不开心、更加孤独。所以，父母一定要适时关心孩子，帮助孩子疏导不良情绪。

当然，也不排除有的孩子在这种时候只想要独处，不希望听到父母在耳边唠叨。那么，父母应该尊重孩子的想法，引导孩子自行调节情绪。比如，告诉孩子写日记、涂鸦、找朋友倾诉、运动、捏解压球或橡皮泥，甚至可以扔飞镖、大声呼喊等。

同时提醒孩子：可以通过做一些事情来宣泄自己的情绪，但是在宣泄的时候，一定要做到不伤害自己，不伤害别人，不破坏公共或者私人的财物。

孩子的不良情绪宣泄完了，问题的解决往往迈出了关键的一步，这时父母可以准备跟孩子一起讨论问题的解决办法。

不要期望孩子的情绪会迅速变好，很多时候，耐心沟通和引导是平息孩子愤怒、稳定孩子情绪的最佳方法。时间是治愈的良药。做父母的要多些耐心，才能培养出情绪稳定、心理成熟的孩子。

抱怨，也是一种情感宣泄

当孩子抱怨生活、抱怨朋友、抱怨父母时，父母不必立即阻止。抱怨其实是孩子排解情绪的一种方式，有助于孩子减轻心理负担。

抱怨不像高兴、生气、难过那样比较容易分清和辨别，因为它里面可能隐藏着生气、难过、紧张等复杂的情绪。所以，要想找出孩子抱怨的原因，帮助孩子改掉抱怨的习惯，父母需要对孩子的复杂情绪有相应的理解。

1. 有时孩子的情绪得不到宣泄，就会抱怨，希望可以得到父母和亲人的安慰。

2. 有时孩子的要求得不到满足，又没有足够的勇气直接提出要求，于是只能通过抱怨来表达自己的愿望。比如，孩子想要拥有属于自己的书房，父母通常会以“大人也没有书房”为由拒绝孩子的要求，其实，孩子并不一定非要拥有自己的书房，他也许只是想告诉父母自己的读书计划，或者让父母知道他不希望在学习时受到干扰，但父母连诉说的权利都没有给他。

3. 有时孩子因为缺少协助和鼓励，也会产生抱怨。这类孩子的想法通常比较悲观，因此需要进行正面引导，帮助孩子提升自信，转变思维模式。

4. 有时孩子得不到重视，也会出现抱怨。生活中，有的父母怀着“望子成龙，望女成凤”的心态，一味对孩子提出过分的要求，从来不给孩子肯定和鼓励，无形中忽略了孩子这种心理上的需求。

最近一段时间，丁丁变得越来越挑剔了，总是抱怨这抱怨那。父母带她去爷爷奶奶家，她刚上车就开始抱怨怎么还不到。到了爷爷奶奶家，她看见午餐要吃茄子，很不高兴地说：“怎么又有讨厌的茄子？”

周末在爷爷奶奶家住了两天后，父母来接她，她开始不停地抱怨爷爷把她的鞋带系得太紧了，奶奶梳头发弄疼她了……爸爸听了有些生气，很想教训一下她，但妈妈及时制止了。事后，父母经过分析，认为丁丁的抱怨只是一种情绪上的宣泄，主要是为了让父母多听她说说话。这以后，父母尽量每天抽出一些时间来陪她。渐渐地，丁丁又露出了笑脸，对人对事也不再那么挑剔了。

随着学习压力的不断增加，孩子难免会有情绪和怨言。抱怨本身并不是问题，问题在于如何对待它，我们要求自己不要抱怨是不人性的做法，让孩子不要抱怨是违反人性的教养。孩子向父母抱怨，正是因为信任父母，才向父母寻求情感上的认同。孩子的抱怨背后隐藏着他的心理需求，如果孩子停止抱怨了，把所有事都藏在心里，父母才真的需要担心了，因为那些未被言说的抱怨反而可能是大问题，能说的抱怨都是小事，说出来得到安慰和认同就能解决。

那么，面对孩子的抱怨，父母应该怎样做呢？

对于爱抱怨的孩子，父母可以直截了当地表明自己对其抱怨的看法，让他知道抱怨无助于解决问题，而且特别不受人欢迎。

有的时候，孩子抱怨只是想抒发内心的不愉快，他需要的是情感上的认同与理解，对此，父母要给予言语上的认同和抚慰，这种情感支持往往比任何建议都更有用。

当然，有的孩子可能并没有意识到自己有爱抱怨的毛病，对此，父母要多与孩子沟通，听听孩子的想法，站在孩子的角度看问题。孩子抱怨也许是受了什么委屈或伤害，父母要试着找出问题的症结所在，引导孩子在抱怨之前想一想事情的严重程度，除了抱怨还有没有别的解决方法。慢慢地，孩子牢骚满腹的情况会有所改善，变得乐观积极起来。

如果孩子在抱怨的时候提出了请求，那么父母记得要给予孩子足够的关注和帮助。

给孩子的愤怒找个出口

生活中，有的孩子性格急躁、脾气大，喜欢攻击别人，遇事不合自己心意便大哭大叫、摔东西、满地打滚；还有的孩子表面上很乖，顺从父母的所有要求，但有时也会选择沉默的方式，把愤怒放在心里。

无数的事实告诉我们，愤怒并不能解决问题，虽然愤怒可以让情绪得到宣泄与调节，但是会影响人际关系和社会交往，给孩子的成长带来不利影响。所以，父母需要学会识别孩子的愤怒情绪，及时运用一些恰当的方式来疏导孩子的愤怒，并帮助他学会健康的情绪表达方式。

但在现实中，父母应对孩子的愤怒情绪存在一些误区，有时不仅没有疏导孩子的情绪，反而使孩子更加愤怒。著名哲学家奥托•魏宁格是这样描述的：当孩子生气哭闹的时候，如果父母企图用驱赶和制止的方式来控制孩子的愤怒情绪，那么只会使消极的情绪与日俱增，长期存续。因为孩子一切哭闹的行为都只是为了证明一个想法：“我是对的。”

一位女士在文章中写到了她童年时期的一个美好体验：“童年时在爷爷家里，哭是我的家常便饭。每次受委屈了就直接冲到爷爷家里撒泼，在水泥地上打滚，哭叫。爷爷为此铺上木地板，为我哭闹提供舒适的环境。而他坐在门外不声不响，毫不干涉。有了这个出气口，我现在始终还保持着内心的一份善良与平和。”

对于成长中的孩子而言，他们的愤怒需要找到一个发泄的渠道，但因为心理、性格上的差异，有些孩子并不善于消解自己的愤怒情绪。那么，父母应该怎么教孩子释放愤怒情绪呢？

一旦发现孩子有发脾气的苗头，父母要鼓励孩子把心中的不快倾吐出来，并搞清有哪些事情正在困扰孩子：没有安全感？自卑？不满足？是没有顾及孩子的感受，让孩子感觉受到了不公平的对待，还是过多限制了孩子的行为，使孩子太过压抑？找出症结后，再对症下药。

有时孩子愤怒仅仅是觉得委屈和不满，如果父母能够及时体察孩子的心情，并用同理心表示理解，孩子的怒气便能消掉一半。如果孩子因为恐惧、不公平等原因而愤怒，父母需要帮助孩子整理一下情绪，使孩子的愤怒平息下来。比如说：“你是不是觉得这样对你来说不公平，我也这样觉得！”“我知道你受到了伤害，现在我们一起来想办法解决这件事情吧！”父母在给孩子提出忠告时要走近他，看着孩子的眼睛或摸摸他的肩膀，清楚、明确地告诉孩子应该怎样做，表明父母是无条件地爱他的。

当孩子正为某件事而在气头上时，要允许他发脾气。父母不妨先坐下来，安静地等孩子冷静下来，不要去打断他发泄怒气，这等于告诉他：我在意你，我在认真地关注你的感觉或问题。这有助于孩子宣泄心里的负能量，也是对孩子关爱的表示。

为了让孩子的怒气有个出口，父母可以教孩子用合理的方式来表达愤怒，而不是用摔东西、骂人、打人等方式来发泄。比如，当孩子的玩具被人抢走时，可以这样教孩子：“你可以平静地告诉他，玩具是你的，希望他能还给你，如果他不听，就不是个友好的小朋友。”当孩子被人欺负时，可以这样教孩子：“勇敢地告诉那人，你不喜欢被别人欺负，请他向你道歉，否则你就会找父母或老师帮忙。”当孩子受到不公平的待遇时，可以这样教孩子：“告诉对方，这样做是不公平的，但是你愿意为了大局考虑，暂时忍受不公平，希望下次不要再出现类似的情况。”

另外，信手涂鸦、投掷小飞镖、投篮等也可以消解孩子的愤怒情绪。父母可以在家中设一个“涂鸦角”，专供孩子张贴涂鸦作品。对于感觉自己受到冤屈的孩子，掷飞镖是“发射愤怒”的最佳手段。还有一种释放怒气的做法是，鼓励孩子在私密空间，将心中的不满和反击之语写在纸上。父母要告诉孩子，没有人能看到他写的内容，他可以自由地表达自己的愤怒情绪。最后告诉孩子，处理这类便条的方法之一是撕掉它们，然后将纸屑扫走，这样一来，假想敌也被扫走了。

以下是孩子发脾气时的应对法则，可供参考：

1. 当孩子生气的时候，不要对着他大喊大叫或者再去挑衅他。

2. 当孩子发脾气时，不要试图跟他讲道理。

3. 不要对孩子使用身体暴力。

4. 不要冷眼旁观。

5. 对坏行为而不是生气的情绪进行惩罚。

6. 不要给予过分严苛的惩罚。

7. 暂停一下，让双方都冷静下来。

8. 试着在孩子面前恰当处理自己的愤怒情绪。

不搞“一言堂”，允许孩子争辩

有的父母过于重视权威，倾向于搞“一言堂”，不给孩子表达自己观点的机会，更别提让孩子进行争辩了。他们认为，让孩子和父母平等地争辩讨论，会降低自己作为家长的权威。如果在争辩中暴露出父母知识上的不足，被孩子抓住错误，会更加丢面子。其实这种担心是不必要的，和孩子一起轻松地辩论，不仅不会让父母的权威受到影响，而且会在一定程度上增加孩子对父母的信任和尊敬。

小博做事一向粗心大意，经常遗失物品，妈妈为此找他谈了一次，之后他的表现倒是好了许多。一天，妈妈发现小博的笔盒里只剩下了一支铅笔，于是问小博是不是又把笔弄丢了。小博说：“今天我们学校组织活动，我拿铅笔……”妈妈一听就火了，打断他的话，怒斥道：“什么？你拿铅笔去参加活动，是不是又忘记拿回来了？跟你说过多少次，东西用完后要放回原位。”

小博插话说：“不是这样的……”

“闭嘴，居然还敢狡辩，我看你是皮痒了吧？”

小博委屈地哭了起来，爸爸见状连忙介入，但小博什么话都不愿说了。小博睡觉后，妈妈收拾他的书包，无意中发现有几支铅笔散落在书包里。

如果父母总是不给孩子表达观点以及争辩的权利，孩子就会逐渐放弃这种权利，其负面情绪也因此得不到释放，导致负面情绪积压。等到了青春期，孩子不愿意与父母沟通，并且会采取一些极端方式，如故意挑衅、冷暴力等方式来跟父母对抗。同时，孩子也会把与父母的相处方式应用到自己的生活中，从而影响未来的人际交往。

心理学家经过调查得出了这样的结论：真正能够和父母争辩的孩子，长大以后会比较自信、富有创造力并合群。德国心理学家安格利卡·法斯博士也证实，亲子之间的争辩“对于下一代来说，是走上成才之路的重要一步”。

另外，积极的争辩还能够活跃家庭气氛，在感情交流、思想沟通中建立一种友爱的、积极的沟通环境。它能促使孩子体验父母的情感态度，正确对待双方的争执，化解矛盾，进而达成共识。

所以，父母正确的做法是，平心静气地坐下来，认真倾听孩子的争辩，了解孩子行为背后的隐情、条件以及心理动机等，因势利导地进行教育。如果孩子的争辩是对的，父母应该尊重孩子的意见；如果孩子的争辩是错误的，父母也应该摆事实讲道理，让孩子心悦诚服。允许孩子争辩，可以让父母通过倾听孩子的意见来反思自己的教育方法是否得当，发现不妥之处后及时进行调整。

当然，争辩应该在尊重和理性的基础上，以下情况是不可取的：无论事小事大都要争辩一番，父母要适度把握，争辩最好集中在具体的、有意义的问题上，比如孩子是否该去兴趣班，是否应坚持锻炼等；孩子在争辩时不讲礼貌也是严格禁止的，争辩不意味着孩子可以顶撞父母，更不能恼羞成怒或说脏话，双方应该在相互尊重、平等的前提下进行争辩，这样才有助于孩子成长为独立思考、理性交流的个体。

化解孩子的情绪，倾听是最好的方法

孩子的成长过程必然伴随着烦恼，学习的压力、交往的挫折、不良环境的影响，乃至青春期发育，都会让孩子困惑、紧张、焦虑、忧郁和压抑。帮助孩子消除烦恼，让孩子在阳光下快乐成长，是每一个深切关心孩子健康成长的家长所肩负的天职。

凯蒙斯•威尔逊是假日饭店的创始人、闻名世界的企业家。1991年他退休时，他的公司在50多个国家拥有1759家饭店，年收入10亿美元。但是，很少有人知道他在青少年时期也是一个爱烦恼的孩子，幸运的是，他有一位乐观、坚强的母亲。在母亲的正确引导下，他克服了命运给予他的重重打击，一步步走向了成功。

凯蒙斯9个月大时，父亲便去世了，当时他的母亲只有18岁。由于缺乏父爱，加上生活艰辛，他每天都很苦恼，总觉得有很多不幸的事情要发生。他的母亲没有忽视他的感受，经常对他说："凯蒙斯，你命中注定就是大人物，只要你抛开这些无谓的烦恼，努力奋斗，你必将无所不能。"在母亲的鼓励和开导下，整天愁容满面的凯蒙斯逐渐变得开朗起来。

但是，不幸又一次降临到凯蒙斯身上。14岁那年，他遭遇了车祸，躺在病床上，他觉得自己永远也站不起来了。大夫也这样告诉过他。

就在他想着以后的日子将会遇到种种困难又将如何度过时，母亲又一次对他进行了正确的疏导：“凯蒙斯，你现在不要总是考虑自己不能走路后怎么办，而应该想‘我怎样才能让自己站起来’。”

在母亲的开导下，凯蒙斯不再为自己站不起来后的一系列灰暗的事情而烦恼，他暗自下定决心，每天坚持锻炼，他的腿从不能动弹到可以动弹，一年后，他的腿便完全康复了，他又重新回到了校园。

对于孩子的烦恼，父母往往认为有点小题大做，于是下意识地对孩子的情绪予以否定、轻视或责怪，但这样会引发孩子情绪上的对抗，让孩子感到自己的感受不被重视，不利于孩子理清自己的思路，以积极的态度去面对问题。当孩子的感受不断被否定时，势必会感到困惑和愤怒。

相信大人也有这样的体会：遇到麻烦时，如果有个亲近的人能够听自己诉说并加以安慰，心里的烦恼便会减轻许多。孩子更是如此。当孩子遇到挫折或不愉快的经历时，更需要父母听他倾诉并给予安慰。随着年龄的增长，学业、感情、人际关系都可能使孩子产生烦恼，而烦恼所带来的紧张、悔恨、绝望等情绪，会给孩子的成长带来不利影响。所以，父母要多给孩子提供一些倾诉的机会，如睡前、饭后，全神贯注地倾听孩子的话，设身处地地站在孩子的角度考虑问题，为孩子排忧解难。

在和孩子交流时，父母可以尝试替孩子说出他的感受。不用担心这样做会让孩子更难过，恰恰相反，当孩子听到父母说出他当下的感受时，他的心里会感到些许安慰，感觉有人能了解自己的内心世界。

另外，父母还可以让孩子做一些感兴趣的事情来冲淡烦恼，如看书、找朋友聊天、做一些室外运动、听听舒缓的音乐、走进大自然等。多一些爱好和选择，孩子也就多了一些消除烦恼的方式。

接纳与共情，让孩子大声哭出来

大多数家长认为哭泣意味着失败、懦弱、任性。通常大人不喜欢孩子哭泣的原因有几个：孩子的哭声尖锐刺耳，持续不断，让人心烦意乱；觉得哭是负面情绪，让父母感到难受；认为哭是孩子软弱的表现；不想让孩子养成以哭闹为手段来达到目的的习惯。

面对孩子的哭泣，父母就像看到了一个大麻烦，于是想尽一切办法进行制止。温柔型的父母会哄孩子说："乖，别哭了！"鼓励型的父母会说："宝宝不哭，宝宝要勇敢！"没什么耐心的父母可能会呵斥："有什么好哭的！""不准哭！"有些想让孩子快点安静下来的父母则吓唬说："再哭妈妈就不喜欢你了。""再哭警察叔叔来抓你了。"总之，哭是被父母禁止的。

可是，对于孩子来说，哭是他的语言，是他表达情感、传递信息的自然方式，一种宣泄情绪的出口。

童童想用积木搭一个跟自己一样高的房子，然而搭着搭着，积木总是倒塌。终于，童童生气地大哭起来："我不搭了。"妈妈见状十分心疼，赶紧过来安抚她："宝贝不哭，这些积木不好用，妈妈回头给你买些可以搭很高的积木，要不妈妈跟你一起搭怎么样？"

但童童更生气了："不要，我不要！"

妈妈：“那我们吃点好吃的吧？”

童童：“我不吃，我就要搭很高很高的房子。”

妈妈：“你不是最爱看动画片吗？我们来看动画片吧。”

童童听了终于停止了哭泣，妈妈也松了一口气。

表面上看，孩子不哭了，妈妈也不觉得难受了，然而这个过程阻止了孩子情绪的发泄，并不是一种好的方式。妈妈之所以这样做，一是见不得孩子哭，觉得哭是不好的；二是混淆了自己与孩子的边界，即替孩子感到难过。

心理学家认为，孩子哭如果让父母感到心烦意乱，往往是因为父母在成长的过程中，内心积聚了许多负能量，没有得到宣泄。孩子负面情绪的爆发，会触及父母内心相似的情绪，他们在潜意识里担心自己会情绪失控，所以也不允许孩子发泄。

于是，生活中经常发生这样的情形：看到孩子因为一点小事而哭泣，父母也感到恼火、不安、厌倦和愤怒，为了让孩子停止哭泣，

父母尽力安抚孩子，如果孩子还是哭个不停，父母就开始责备他。

父母以为只要孩子停止哭泣，麻烦就过去了。但仔细观察，情况并非如此，孩子可能会安静下来，但内心仍然感到不快乐，长时间情绪低落，无精打采，不再信任别人，对一切人和事都感到不满意，导致整个家庭生活都受到了影响。所以，接纳孩子的情绪，给孩子释放不良情绪的机会，比维持表面的欢笑更能给孩子实在的安全感。

小妮刚上幼儿园，这天早上入园时，她因为妈妈离开而大哭大闹。老师搂着小妮，让她趴在自己怀里，边拍着她的后背边说："我知道跟妈妈说再见是件很难过的事，嗯，是件非常非常难过的事，不过你要知道妈妈下午肯定会来接你的。我们来做点什么让你感觉好一点好不好？"

老师一边说着，一边领着小妮往教室里走，这时小妮已经由大声号哭变成了小声抽泣。进屋之后，老师拿给她一张纸和一盒彩色蜡笔，和她一起坐下来画画，这时小妮已经完全停止了哭泣，用心地写写画画起来。

人生并不总是只有微笑，幸福也不意味着拒绝哭泣。哭是孩子情绪表达的一个重要部分，哭出来，情绪才得以发泄，从而获得内心的平静与力量。当孩子哭泣时，父母最好的做法是不打扰，如果孩子需要，就在旁边安静地陪伴他，适当的时候可以给他一个温暖的拥抱。拥抱代表的是"我懂你"。我们会发现，孩子哭闹的时候，过度制止往往适得其反，孩子反而哭得更厉害，这是孩子对不被理解的一种情绪宣泄。但当孩子被拥抱时，他的不开心被理解，他的不满得到了安慰，情绪自然就会慢慢平静下来。

哭泣是一个自然疏导不良情绪的过程，就这个行为本身来说，谈不上积极或者消极，所以父母千万不要因为孩子哭泣而惩罚孩子。

为了给孩子一个发泄情绪的渠道，可以建立一个发泄墙或情绪角，让孩子胡乱涂鸦，或把不开心画在纸上，折成飞机飞出去……这些都是可行的办法，值得一试。

等孩子哭过以后，父母就可以开始理性教育了。正如我们要去说服某个人，千万不要在他情绪激动时进行沟通，因为那时他可能无法接受任何意见。孩子也一样，必须等他哭的高潮过去。有的父母见孩子哭兴正浓，顿时慌了，赶紧做工作，结果事倍功半。加上处理方法不当，孩子有什么要求都答应他，反而被孩子抓住了弱点，以后他就用哭作为达到目的的手段。所以父母必须等孩子哭够了，情绪平静下来的时候，再跟他进行对话。

3 CHAPTER

培养勇气，不惧人生的挑战

不要因没有鞋子而哭泣

挫折是孩子成长的垫脚石

“温室里的花朵”好看却经不起折腾

不放弃，才能培养积极的孩子

正视挫败，肯定自我

输什么都不能输掉信心

努力把“不可能”变成“可能”

信心是孩子最好的“心灵免疫力”

不要因没有鞋子而哭泣

生活给予我们每一个人的“馈赠”，或许是不一样的，所以有的人会感激生活的恩赐，有的人会控诉生活的残忍。尤其是那些身处逆境，甚至身患残疾的孩子，他们不仅要忍受命运的“不公”，还要面对他人的嘲讽和排斥。但他们不低头、不气馁，将身体的残缺视为一种特殊的天赋，以永不放弃的决心，付出常人无法企及的艰辛和努力，克服重重困难，实现人生的无限可能。有脚疾的华罗庚、失聪的贝多芬、失聪又失明的海伦•凯勒，他们身残志坚，在各自的领域取得了举世瞩目的成就。

这也说明，上天为我们关闭一扇门的时候，也会为我们留一扇窗。海明威曾在他的名著《老人与海》中写道：“人生来不是为了被打败的，人能够被毁灭，但是不能够被打败。”是的，命运可以给予我们最初的起点，却无法限定我们的终点。

1882 年，一名女婴因为一场突如其来的高烧差点丧命，虽然她最终保住了性命，却因此留下了后遗症，失去了视力和听力。从此，她便生活在一个无声的黑暗世界中，如同生活在一个暗无天日的牢笼里。

然而，她没有向命运低头。不久，她就开始利用身体的其他感官来探索周遭的世界了。她紧跟在母亲的身后，形影不离，依靠触觉、嗅觉来感知周围的世界，在很短的时间里就可以自己独立做一些简单的事情，比如挤牛奶或者揉面。她甚至学会了通过触摸他人的脸或者衣服来识别对方。她还可以通过植物散发的气味和触摸地面来判断自己在花园里的方位。

她在7岁的时候，发明了60多种不同的手势来和家人进行交流。比如，她会用切面包和涂抹黄油的动作来表示自己想要面包，还会用手搂住自己，做出发抖的样子，告诉家人她想要冰淇淋。

她很聪明，也极其敏感。尽管她通过不懈的努力对这个陌生的世界有了一些认识和感知，但她仍旧有很多不足。她在5岁的时候就意识到了自己与其他孩子的不同。她甚至发现家里人在交流时，并不是和她一样用手势，而是用语言。有时，她会站在正在交谈的两个人中间，用手去触摸他们的嘴唇。她想说话，但无论怎样努力，她都无法让对方明白自己的意思。这使她的脾气开始变得暴躁起来，每当这时，她就会在房间里乱跑乱撞，灰心丧气地又踢又喊，以发泄自己的情绪。

随着年龄的增长，她的脾气也越来越大，如果家人不能理解或者满足她的意愿，她就会大发脾气直到家人顺从她的意志。她常常将盘子猛地扔到地上。有一次，她还将母亲反锁在厨房里。面对她的这种状况，家人在她7岁的时候，给她聘请了一位家庭教师——安妮·沙利文。

安妮没有因为她是一位残疾人而轻视她，而是视她为上天赐予的一位与众不同的孩子而悉心进行教育，并且善于发现她感兴趣的事物。时间一长，她的脾气居然温和了许多。在安妮的耐心教导下，她学会了用布莱叶盲文朗读和写作；通过用手指触摸说话人的嘴唇，她还学会了说话。这对于没有听力的人而言，无疑是个奇迹。

她的坚持没有白费，她在 1899 年考入哈佛大学拉德克利夫女子学院，完成了自己的大学梦想。在大学里，她克服种种困难，突破了识字关、语言关、写作关，先后学会了英、法、德、拉丁、希腊五种语言。她还出版了 14 部著作，受到社会各界的广泛赞誉。

后来，她开始周游全国，四处举行演讲。她的事迹被无数人写进书里，还有一系列以她的亲身经历为题材的影视作品问世。她受邀出国访问，并得到了外国大学和国王授予的荣誉。1932 年，她被任命为英国皇家国立盲人学院的副校长。

她就是海伦•凯勒。在她去世后，一个以她的名字命名的组织“国际海伦•凯勒”成立了。这个组织的宗旨，是为发展中国家的失明者提供帮助。如今，这个组织已经成为向盲人提供帮助的最大的组织之一。

世界上任何事物都有其存在的价值。厄运和挫折的存在，有时是为了揭示我们身上的不足，激励我们自我完善，引导我们走上成功的道路。

星云大师曾在《不急不急》一书中写道：“我们不必怨叹自己因缘不足、境遇不佳，只要具备‘铜’一般的决心，‘铁’一般的意志，再‘破烂’的天赋，再恶劣的状况，也能成就‘钢’一般的丰功伟业；我们也不必怨怪别人资质低劣、条件不好，如果自己能拥有不熄的慈心、不灭的悲愿，‘破铜烂铁’也能在我们手中淬炼成为像‘钢’一样的栋梁之材。”

对于身体有缺陷的孩子，最好的教育方式就是把他视作一个正常孩子，用培养正常孩子的方式来培养他，持续不断地鼓励他，激发他战胜身体残疾的信心和勇气，帮助他摆脱自卑感，点燃生活的激情，迎接生活的挑战，解锁人生的无限可能。

挫折是孩子成长的垫脚石

没有人天生就具备应对挫折的能力，对于孩子来说，能否正确应对挫折，很大程度上取决于后天的培养。父母不可能永远替孩子遮风挡雨，为了让孩子羽翼丰满后更好地飞翔，父母应该从小注重对孩子进行磨炼，使他拥有一颗强大的内心，不畏惧任何困难，在人生旅途中勇往直前。

学校通知学生打扫卫生，结果学生们没有来，来的却是学生的家长，只见孩子的妈妈、爷爷、奶奶，手上拿着扫帚、抹布和铁锹来学校参加校务劳动——因为怕孩子累着，他们居然亲自出马了。

有人问一位年轻的妈妈："你的孩子在家做家务吗？"那位妈妈毫不含糊地回答："疼还疼不过来呢，哪舍得让他做家务？"

父母爱孩子的方式有很多，有的爱可以让孩子获得心理满足；有的爱可以让孩子明确成长的方向；有的爱能锻炼孩子的能力，帮助孩子走向成熟；而有的爱不但不利于孩子成长，还可能阻碍孩子的发展。

正如上述案例，过分的关心和溺爱，实际上剥夺了孩子经历适当挫折、面对困难和学习爱护别人的机会，这样的孩子从小只会享受，没有学会承担责任、面对挑战，长大后容易形成人格方面的缺陷，变得自私、脆弱。

爱子之心，人皆有之，但只有爱是远远不够的，若想孩子未来有所成就，还得会教育孩子。苏联作家高尔基说："爱护子女，这是母鸡都会做的事，然而会教育子女，这就是一件伟大的事业了……"显然，教育孩子和爱孩子是不能画等号的，要教育好孩子，首先必须杜绝溺爱、娇惯孩子的行为。

有些父母生怕孩子受到委屈，孩子稍有不适，就带去医院检查开药；孩子碰到一点困难，他们比孩子还着急。这样做无形中将大人的焦虑情绪和消极言行传递给了孩子，久而久之，孩子可能变得过分敏感，对一点小毛病都反应过度，不能忍受轻微不适，事情稍不顺心就伤心哭泣。长此以往，孩子又怎会不脆弱呢？

娇子如害子！心理学家发现，有些孩子表现出过分软弱、遇事手足无措等现象，与他们普遍存在矛盾、犹豫、无助、适应社会困难等问题有关。当心理学家深入了解这些孩子的家庭背景后，发现他们有着类似的生活经历——受到过多的关注和保护。如此看来，溺爱孩子实在是一种短视的行为。

对孩子适度严格，让其得到锻炼，并不意味着父母的爱会因此减少。事实上，在教育孩子的过程中，慈爱和严格相结合是一种理想的教育方式。

也就是说，教育孩子既要给予孩子适当的爱，又要严格要求。对孩子的爱应当是理智和有分寸的，不娇不惯不溺爱，更要舍得让孩子到艰苦的生活环境中去磨炼，如此，孩子的心智与能力才能得到全面发展。

“温室里的花朵”好看却经不起折腾

孟子说：“天将降大任于斯人也，必先苦其心志，劳其筋骨，饿其体肤，空乏其身，行拂乱其所为，所以动心忍性，增益其所不能。”意思是说，一个人在成长过程中应该多经历一些风雨，才能更加坚强并掌握应对人生起伏之道。这一观点不仅是对个人成长的深刻洞察，也为父母教育孩子提供了启示。

缺乏磨炼的人是无法真正成长的。被养在温室里的孩子，看似安逸，但他终将长大，要走向社会，不可能永远被人庇护着。而社会是个大舞台，有晴空万里、风和日丽，也有狂风暴雨、雷电交加，如果连一点打击或磨难都经受不住，孩子又怎么可能走好自己的人生之路，成为真正的强者呢？

作家罗兰在《罗兰小语》中写下了至理名言：“急于出头的，除了自寻烦恼之外，不会真正得到什么。像一粒种子，你要它长大，就必须先经过在泥土中挣扎的过程。不肯忍受被埋没的苦闷的话，暴露在空气中一个短时期之后，就会永远地完了。”所以，艰难险阻、挫折打击是一种教育资源，而面对困难、经历磨难更是必修的人生课程。

斯巴达是古希腊城邦，在斯巴达，孩子生下后，大人就让他忍受饥饿、寒冷等肉体折磨。大冷天，要求孩子在房顶站立；炎热的夏天，训练孩子在阳光下奔跑、追逐、格斗。这种军事教育闻名一时，也使斯巴达人成为勇敢善战、骁勇剽悍的民族。

这种教育的重点在于，锻炼孩子吃苦耐劳的精神。而现代孩子太缺乏吃苦的机会了。很多孩子衣食无忧，客观上就容易导致孩子面对困难的抵抗力弱，因为困难的磨砺正是锻炼坚强意志的必要条件。

在大自然中，我们会看到一些“匪夷所思”的情形：母狮为了增强小狮子生存的本领，故意把小狮子一次次推进深沟里，看着小狮子自己艰难地爬上来；老鹰为了让雏鹰学会飞翔，早早地把雏鹰从高高的巢里推出去，雏鹰如果不展翅飞翔，就会狠狠地摔在地面上。几次下来，雏鹰就会发现，只要自己展开翅膀，就不会摔疼——痛苦使雏鹰学会了飞翔。

孩子的成长也一样，少不了各种挫折的磨炼，更需要经历风雨的洗礼。“宝剑锋从磨砺出，梅花香自苦寒来。”这句名言讲的就是这个道理。

有家大公司的老板，对儿子的培养可谓费尽心力。儿子大学毕业之后，希望去父亲的公司上班，但这位老板却另有打算：准备让儿子到另一家企业去做基层工作，让他在那里锻炼锻炼，吃吃苦头。他不想让儿子一开始就和自己一起工作，以免儿子产生依赖心理。

可是，儿子不理解他的做法，一怒之下去了国外。走之前，儿子当着他的面发誓，从此就不回来了。

每当谈及此事，他总是微微一笑说：“我想儿子回来，但是我必须狠下心来。”

后来，儿子回来了，带着新的理念和丰厚的投资。他见到父亲后严肃地说：“如果不是您的‘狠’，也许我仅仅是一个老板的儿子，而现在我是一个真正的老板，拥有了自己的成功。谢谢您，亲爱的父亲。”

常言道：“自古英雄多磨难，从来纨绔少伟男。”历史上成就大事的人，多是从磨难中崛起的。可以这么说，生活的磨难是上天赐给他们的人生财富，既成全了他们的品格，也成全了他们的事业。

要想傲然挺立，必须经历千锤百炼。因此，父母在教育孩子时，应该鼓励他学高山上的青松，经受风吹雨打，而不是成为温室里的花朵，失去坚强的人格。

1. 要舍得让孩子吃些苦

父母疼爱孩子是人之常情，但是不能因为疼爱孩子就一点苦也舍不得让孩子吃。在漫长的人生道路上，充满了未知和挑战，如果孩子没有吃过苦，遇到苦难的时候就会变得很脆弱。因此，父母要舍得让孩子从小吃些苦，这样才有助于培养孩子成熟的心智，从而更好地面对人生中的挑战和挫折。

2. 不要让孩子坐享其成

父母为孩子提供丰厚的物质基础以及事事都帮助孩子解决，这种做法会削弱孩子自我奋斗的意愿，没有哪个家长愿意看到孩子变成一个只知享乐、不求上进的人，所以，无论家庭条件如何优越，父母多么有能力，都应该让孩子承担一些适当的责任和挑战，经历过风雨的花朵才能茁壮成长。

不放弃，才能培养积极的孩子

胜利贵在坚持，坚持，是一种不达目的誓不罢休的精神，是一种高瞻远瞩的眼光和胸怀。它不是蛮干，不是“孤注一掷”，而是纵观全局和预测未来后的明智抉择，更是对人生充满希望的一种乐观态度。

丘吉尔说过：“成功的秘诀就是，坚持，坚持，再坚持！”世上所有的成功，往往源于那份再坚持一下的努力。

正如龟兔赛跑，兔子腿长，跑起来比乌龟快得多，按理应该是兔子赢得比赛才对，然而结果恰恰相反，乌龟赢得了比赛。为什么呢？因为兔子没有坚持到底，它自认为腿长，跑得快，跑了一会儿就在路边睡大觉，以为稳操胜券，而乌龟则不同，它没有因为自己腿短，爬得慢而气馁，而是锲而不舍地坚持爬到底。坚持就是胜利，最终它赢了。

巴雷尼小时候因病落下了残疾，妈妈心如刀绞，但她还是强忍住自己的悲痛。她想，孩子现在最需要的是鼓励和帮助，而不是妈妈的眼泪。于是，她来到巴雷尼的病床前，拉着他的手说："孩子，妈妈相信你是个有志气的人，希望你能用自己的双腿，在人生的道路上勇敢地走下去！好巴雷尼，你能够答应妈妈吗？"

妈妈的话，像铁锤一样撞击着巴雷尼的心扉，他"哇"的一声扑到妈妈怀里大哭起来。

从那以后，妈妈一有空就帮巴雷尼练习走路，做体操，常常累得满头大汗。有一次，妈妈得了重感冒，她想，做母亲的不仅要言传，还要身教。尽管发着高烧，她还是下床按计划帮助巴雷尼练习走路。黄豆般的汗珠从妈妈脸上淌下来，但她用干毛巾擦了擦，然后咬紧牙关，硬是帮巴雷尼完成了当天的锻炼计划。

体育锻炼弥补了残疾给巴雷尼带来的不便。母亲的榜样作用，更是深深地教育了巴雷尼，他终于经受住了命运给予他的严酷打击。他刻苦学习，学习成绩一直在班里名列前茅。最后，他以优异的成绩考进了维也纳大学医学院。大学毕业后，巴雷尼致力于耳科神经学的研究，最后登上了诺贝尔生理学或医学奖的领奖台。

任何成功都离不开坚持以及持之以恒的努力。在完成一项艰巨

的工作时，我们必须坚定信念，绝不放弃，因为坚持的下一步可能就是成功！

一个人若想把握住人生的航向，做自己命运的主人，必须具有坚持不懈的精神。所以，父母要从小教育孩子养成锲而不舍的精神，具体方法如下：

1. 鼓励孩子大胆尝试

孩子还小的时候，应当给他一定的空间，让他大胆尝试，并允许他在尝试中犯错以积累经验。值得注意的是，要把焦点放在尝试的过程和孩子付出的努力上，不要过分强求一个圆满的结果。同时，父母要经常表扬孩子，让他有信心去尝试。

2. 勉励孩子坚持到底

有些事情在开始时往往进展顺利，但随着困难的出现，可能就很难达到预期的目标。在这种情况下，父母要鼓励孩子不可轻易放弃、半途而废。一方面，因为坚持也许能够使事情朝着好的方向发展；另一方面，即使结果仍不理想，努力把这件事情坚持到底依然是一种成功，更为重要的是，孩子的意志力会在这个过程中得到磨炼。

正视挫败，肯定自我

歌德曾经说过："流水在碰到抵触的地方，才把它的活力解放，人生就像洪水奔流，如果不碰到暗礁与岛屿，难以激起美丽的浪花。"失败是人生中必定要经历的事情，人人都无法避免，只有学会正视它，才能克服并最终战胜它。

同样，孩子在成长的道路上也会遇到种种困难，经历无数次的失败。很多孩子在遭遇挫折和失败的时候，往往表现得很脆弱。一次失败很可能让他们变得自卑，使他们过度关注别人的看法，甚至别人的一个表情都可以引发他们消极的联想，而且一旦在他们心里形成对自己负面的评价，就会丧失努力的信心。这时，父母需要做的就是让孩子学会面对失败，用理性的态度看待失败。

要消除孩子对于失败的畏惧心理，首先要知道引发其畏惧的原因。孩子害怕失败的原因首先是不自信；其次是以往犯错误的经历给他留下了深刻的印象，甚至给他的心灵蒙上了阴影，他想重新塑造自己在别人心目中的形象，又害怕自己的经历被别人提起。

由于遭遇失败，孩子会变得自卑，对自己产生负面评价。为了避免自己的缺点再次暴露在别人面前，他通常会选择逃避，但这只会让他的自卑心理越来越严重。由于过分在意别人的目光，他变得意志薄弱，失去自我认同感。对此，父母要告诉孩子，只有正视自己的失败，才能保持旺盛的斗志，使自己变得强大，而失败后的自我封闭只会限制他的潜能，阻碍他能力的发挥。

心理研究表明，三种模式的心态会导致人们感到无助，并失去奋斗的信念。第一种是把一时的失败看做永远挥之不去的阴影，这无疑是在时间上将痛苦延长，使自己身陷其中不能自拔；第二种是因为某一方面的失败，就认为自己在其他方面也不会成功，把困难无限地放大，使自己陷在失败的阴影里而看不到未来的希望；第三种是认为自己能力不够，一味地否定自己，从而削弱了自己的斗志，无法振作起来。

一个人面对失败的心态往往决定了他一生的命运。只有把失败和挫折看成是成功和胜利的前奏曲，才能在跌倒之后爬起来，满怀信心地继续前进。

对于无法正视失败的孩子，父母应适时给予帮助，方法如下：

1. 鼓励孩子多交朋友

孩子对友谊的渴望是很强烈的，他渴望从朋友那里获得认同和接纳，所以父母应该鼓励孩子多和朋友交流，学会与他人相处，并学习朋友的长处。朋友的鼓励和支持，有助于他走出自我封闭的状态，增强自信心。

2. 引导孩子发现自己的优点

父母应告诉孩子，世上没有完美的人，每个人都有缺点，都会遭遇失败。失败往往孕育着成功。面对失败，难免会有些失望，但不能因此失去斗志。不必把自己的优点缩小，也不必把自己的缺点放大。要坦然接受自己的优点和缺点，正确地评价自己，欣赏自己，才能正视每一次成功和失败。

输什么都不能输掉信心

人生不如意事常八九。在人生的旅途中，不如意总是伴随着我们，从遭人讥讽、受到批评的小挫折，到考试落榜、恋爱失败、婚姻破裂、事业不顺等重大挑战，生活中的逆境似乎总是如影随行。对于一个成年人来说，挫折可能不算什么，但对未成年的孩子，其影响可能就深远得多。为了避免孩子陷入挫折的阴影不能自拔，父母有必要让孩子学习如何面对挫折，这是一门十分重要的人生课程。

一位大学生去一家公司应聘，考试结果出来后，公布的合格名单中没有他的名字，他当场就气急败坏，出言不逊，说什么破公司，真是有眼无珠。后来有人发现他考的分数是第一名，抄分的时候抄漏了。大学生得知自己是第一名便去报到，老板却无论如何也不肯聘用他，理由是："这么一点挫折就暴跳如雷，情绪失控，以后在公司里遇到更大的挫折怎么办？"

另有一位希腊人到一家公司去应聘清洁工，面试人员问他："你会写字吗？"他说："只会写自己的名字。"于是他没被录用。后来，他发愤图强，成了一位大富翁。有一次他在自己豪华的会议室里举行记者招待会。记者说："您的经历太动人了，您该写一本自传。"他说："那是不可能的。如果我会写字，我只能是个清洁工。"

同样面对不被录取的挫折，一个悲观消极，一个乐观向上，这两种态度导致的结果也截然不同。这说明一个人具备抗挫折能力是何等重要。有道是“人间没有不凋谢的花，世上没有不曲折的路”，父母要引导孩子理性地对待挫折，把挫折看做是前进道路上必经的关口，从而增强心理的韧性。

同时，父母要鼓励孩子经受挫折的考验，争取下一次的成功，而不是批评、指责孩子。

举个例子，考试成绩公布后，孩子成绩不好，在分析试卷时，父母应保持理智，考试失败已经对孩子造成了打击，如果再受到批评，他的心里就会更加难受。

这时，可以对他说：“孩子，不是你能力不行，也不是你没有好好学习，更不是你不如别人，考得不好是因为你审题粗心，没有完全理解题目的意思，如果你能够细心一点，凭你的聪明是可以做出来的！”这样既鼓励了孩子，同时也给他提了个醒，让他在今后的学习中找到方向，看到希望。

这样做，就是帮助孩子理性面对挫折，不仅能够让孩子重振旗鼓，增强他的自信心，还能够提高他的抗挫能力。

如果孩子的抗挫能力较差，父母要给予必要的引导，帮助孩子调整好心态。

1. 引导孩子多读一些伟人传记

阅读名人传记会让孩子深刻理解，人生就是不断战胜困难、战胜挫折的过程。和伟人相比，我们遇到的困难和挫折实在是微不足道。伟人是在广阔的海洋里与大风大浪搏斗，而我们的挫折则像在公园划船时遇到一点小风浪。

2. 帮助孩子体验成功的喜悦

当孩子遭遇挫折时，父母应引导孩子分析受挫的原因，从中吸取教训，并想办法克服困难。一旦孩子通过努力克服了困难，父母应及时给予鼓励、肯定，使他体验到成功的喜悦，增强克服困难的信心。如果孩子独自克服不了困难，父母可以给予适当的安慰和必要的帮助，以免孩子过分紧张、沮丧，影响身心健康。

3. 教导孩子端正应对挫折的态度

面对挫折的态度，往往是成败的关键。坚持还是退缩，是能否取得成功的决定因素。许多天资聪颖、颇具才能者之所以失败，就是因为在关键时刻选择了放弃，以致功亏一篑。父母应该告诉孩子：挫折并不可怕，遭遇挫折也不完全就是坏事，关键在于面对挫折不能失去信心。

努力把“不可能”变成“可能”

人不可能一直处于顺境，生活中少不了挫折、失败和逆境，如果不能从挫折中振作，在失败后觉醒，在逆境中拼搏，就不可能成就精彩的未来。只有愈挫愈勇的人，才能做到把“不可能”变成“可能”。

有的父母认为，年幼的孩子心理承受能力差，在挫折面前会感到痛苦和紧张，产生逃避、退缩心理也是人之常情。这话固然没错，但如果孩子在成长过程中不经历一些磨炼，又怎么可能突然拥有经受挫折的能力呢？事实证明，不让孩子遭受挫折的观念是极其错误的。

父母不仅不能阻止孩子经历挫折，相反，还应该支持孩子勇于面对挫折、迎接挑战，有时甚至可以制造一些挫折，让孩子学会在挫折面前愈挫愈勇。一个愈挫愈勇的孩子，一定会不惧失败，迎难而上，创造无限可能。

小勇读五年级了，特别喜欢打羽毛球，经常吹嘘他在学校没有对手。爸爸听到他自吹自擂，心想：不杀杀他的锐气，他可能会骄傲。

一天下午小勇放学回家后，爸爸递给他一个羽毛球拍，说：“我们下楼去打一场吧。”小勇的爷爷做裁判。比赛开始后，爸爸连胜三局。小勇有些着急了，怕输的他要起了小聪明，时不时使坏犯规，好不容易扳回一局。不过，最终爸爸还是赢了小勇。

当爷爷宣布小勇输了比赛时，小勇扔下球拍，坐在地上大哭大闹起来。爷爷连忙过去，把他从地上拉起来，开始哄他，逗他开心，用各种好话维护他的自尊。

这时，爸爸走过来，摸了摸小勇的头说："虽然爸爸赢了你，可是你敢于和爸爸这样的大人争胜负，即使输了也输得光荣啊！"

小勇听了，停止了哭泣。爸爸又说："你既然敢于和爸爸比赛，为什么不敢继续挑战爸爸呢？一次比赛打输了就哭，在以后的生活中你会遇到各种挫折与失败，那又如何面对呢？真正的强者，面对成功，他会再接再厉，并吸取成功的经验，不断完善自己，争取更大的成功；面对失败，他不气馁，深刻反省，找出差距与不足，补齐短板，力争下次获得成功。与高手过招，不仅可以提高你的球技，还可以学习对方不骄不躁、勇于拼搏的精神。"

小勇听了这番话，擦干眼泪，看着爸爸的眼睛，说道："那么，爸爸，你是否接受我的挑战呢？"

爸爸微微一笑，说："当然，尽管放马过来！"

小勇一下子就笑了，说："好，你等着吧，以后我会加强练习，多向学校的老师讨教球技。请给我一点时间，我一定会打赢你的。"

接下来的日子里，小勇放学完成老师布置的作业后，就去找同学打羽毛球。他还一次又一次地找爸爸比试，虽然输多赢少，但他已经能够平静地看待输赢了，也能够冷静地总结经验，找出自己的弱点。他的球技越来越好，后来还在全区举办的少年杯羽毛球联赛中获得了冠军。

在成长的道路上，孩子不但要能够面对鲜花和掌声，还要能够从容面对来自生活、学习中的挫折和打击，并不断想办法克服。无论面对多大的困难，只要孩子有越压越强的精神，对自己有信心，

认为自己行，他就能够完成那些看似“不可能完成的任务”。反之，如果孩子有畏难心理，信心不足，认为自己不行，那就真的不行，因为他根本没有勇气面对困难，也就失去了前进的助力，更不可能创造成功。所以，人生的可能与不可能，不取决于外部困难的大小，而取决于自己的态度。

父母若想让孩子把“不可能”变成“可能”，就要有意地培养孩子的抗挫能力，让他变得勇敢坚强，愈挫愈勇。清代中兴名臣曾国藩征伐太平军，曾经屡战屡败，但是他凭着一股愈挫愈勇的精神，最终赢得了胜利。同样，如果孩子具备了“屡败屡战”的精神，便有可能获得成功。

信心是孩子最好的“心灵免疫力”

遇到困难时，每个人都会感到沮丧，这是人之常情，但我们不能长久沉溺在失败的痛苦中，必须迅速振作，唯有如此，才能在挫折中看到希望的曙光。要知道，一次失败不代表次次失败，一次挫折也不意味着一切就不可能。

实际上，孩子在成长早期经历一些挫折是非常有益的。从小就知道什么叫“失败”，长大之后便能正确地看待失败；从小就在困难中摸爬滚打，长大之后才不会惧怕困难；从小便与挫折“较量”，不管结果如何，这种“较量”会让孩子的思维更活跃、应变更灵活、行动更敏捷……

当然，父母不能无限制地让孩子承受挫折、失败，毕竟一个人的承受能力是有限的，因此，在孩子遭遇挫折的时候，父母有必要给予他适当的开导和鼓励，让他看到希望。

陈东的学习成绩一直不错，可是他考上重点中学之后，情绪变得低落起来，学习成绩也一天不如一天。妈妈看到这个情况，便问他是不是遇到了什么困难。他没有立刻回答，而是反问道：“妈妈，你说我是不是很笨啊？”

妈妈微笑着说：“怎么了，为什么这么说？”

“入学的时候，老师让我们做了一套智商测试题，结果同学们的分数都很高，我的分数却很低。”

妈妈摸了摸陈东的头，说：“这个测试说明不了什么，将来考大学也不是按智商分，而是按成绩来分，而且智商不等于能力，聪明和笨也不能用智商来判定。”

“可是我总觉得自己很笨，我和大家一样学习、复习，成绩却越来越差。”

妈妈语重心长地说：“那是因为你总觉得自己不如别人，所以没有信心。妈妈并不那么在乎你的考试名次，希望你拿自己的今天与昨天比，每天进步一点点就好。从现在开始，你应该这样对自己说：‘只要我努力、认真，我就一定能做最好的自己。’”

陈东半信半疑，但他还是接受了妈妈的建议，学习更加勤奋、认真了。一个月后，全校统考，他竟然进入了班级前三名。

放学回家后他把喜讯告诉妈妈，妈妈说：“你现在知道自己的能力了吧，其实你应该高兴的不是这次取得了好成绩，而是你能够战胜内心的失望。儿子，你要记住，什么时候都别放弃努力，因为生活始终存在着希望。”

自信心是一种重要的心理品质，对孩子的成长有着重要作用。如果孩子缺乏自信，就会对自己的能力和潜力产生怀疑，认为自己无法胜任当下的任务。对此，父母要通过正确的引导来帮助孩子克服信心不足的问题。

1. 为孩子提供更多的尝试机会

德国著名教育专家舒马赫说：“给孩子多多提供尝试机会也是实施挫折教育的有机组成部分。孩子一旦被剥夺了尝试的机会，也就等于被剥夺了犯错误和改正错误的机会，因此也不可能迈向成功之路。”

所以，父母要想办法给孩子提供锻炼和实践的机会，引导、鼓励孩子尝试不同的活动及领域，拓展孩子的视野。当孩子经历得多了，就会产生足够的免疫力，不至于因为一点点的挫折而失去信心。当孩子尝试的时候，父母要在一旁提供关爱、支持和指导，并且及时地进行表扬，不断增强孩子的信心。

2. 鼓励孩子克服困难和挫折

有的孩子在逆境中容易产生消极情绪，往往会垂头丧气，甚至选择退避的方式。要改变这种情况，父母需要在孩子遇到困难时，引导孩子去寻找困境中的希望，教育孩子勇敢面对挫折，向困难发起挑战。当孩子一次次地战胜困难时，他将积累起更多的勇气，激起战胜困难的愿望，消除恐惧心理，大大增强自信心。

4
CHAPTER

共情与接纳不完美的孩子

不要戴着有色眼镜看待孩子

没有“逆反”的孩子，只有没做对的父母

父母要包容孩子走弯路

开放型思维，引导孩子学会取舍

成长型思维，不念过去，不畏将来

开拓型思维，先求完成，再求完美

不要戴着有色眼镜看待孩子

生活中，调皮捣蛋的孩子常被视为“麻烦制造者”，他们不仅难以管教，而且长大后也没什么出息。那么，一个孩子调皮捣蛋、不听话、学习成绩差，就一定是“坏孩子”吗？

一个小男孩从小镇转到县城念中学，初来乍到，他在学校没有什么朋友。放学后为了打发时间，他就独自上街溜达。县城比小镇热闹多了，街上南来北往的人络绎不绝，到处摆满货摊，耍猴变脸的、捏面人的、表演杂技的……县城的繁华景象深深地吸引了这个来自小山村的农家孩子，对他来说，县城的一切都是那么的新奇。

他在街上总是看不够，听不厌，第一次知道有种食物叫“包子”，他想买来尝个鲜，可是钱不够，便将学校的饭票换成钱再去买。他的饭票撑不到月底，剩下那几天只能饿肚子。

因为心里老惦记着赶集看热闹，他在课堂上总走神，脑子里不停地琢磨猴子为什么会听主人的话，让它敬礼它就敬礼？江湖郎中卖的狗皮膏药是什么做的，为什么能包治百病？大力士的肚子上放了块大石板用铁锤砸，怎么一点也不痛？面团放到油锅里，为什么一下子变得那么大？……就这样，老师讲的课他听不进去，布置的作业也完不成，有时还迟到、旷课，为此他经常受到老师的批评和责罚。

三个学期很快就过去了，他因为整天“不务正业”，学习成绩自然好不了。每次期末考试，他都是“背榜”，即最后一名，同学们都喊他“笨蛋”，老师也认为这个学生愚顽不化、不可救药，还把他的父亲叫到学校，说：“你儿子读不好书，还是领回去跟你种田吧，一年能省两石米。”

后来这个男孩成了我国著名的学数家，开创了中国微分几何学派，被誉为“东方第一几何学家”。他就是苏步青。

如果认真观察，我们会发现：那些调皮捣蛋的孩子，比唯唯诺诺的乖孩子更具有独立性和创造性，他们往往更有主见和胆识，思维更为活跃，更具冒险精神，而且交际广泛。从这方面来看，“调皮捣蛋”也是一种素质，常常反映出孩子聪明，富有创造力。

经常有父母抱怨，孩子太淘气、不听话，总跟大人作对，一不留神就惹出事来。父母尝试了各种方法，包括体罚和责骂，可孩子还是那么顽皮，让父母筋疲力尽、无可奈何。

李玫瑾教授曾说：“孩子难带不是一件坏事，反而是孩子聪明的表现。”很多事例证明，调皮捣蛋、不听话绝不是“没出息”的代名词。小时候调皮捣蛋的孩子，长大后很多都非常有出息。例如，三国时期的政治家、文学家曹操小时候异常乖戾顽皮，经常四处玩耍惹事，是个典型的“小坏蛋”；牛顿上小学的时候，因为不听话常被老师批评，以至于被学校开除；爱迪生小时候也特别调皮，上树捅马蜂窝被蜇昏过去，拿鸡蛋放进鸡窝里自己蹲在上面孵小鸡，找一种能产生气体的药粉让小伙伴喝下去，看他能不能像气球一样飞起来，在列车上搞实验引起了一场爆炸事故……

可见孩子调皮捣蛋不一定是坏事，调皮捣蛋往往是孩子想象力丰富的表现，其中孕育着孩子创造非凡成就的种子。

一项发表在《发展心理学》期刊上的研究表明，喜欢打破规则、不听话的孩子，通常比规规矩矩、听话的孩子在长大后更加富有。研究者对700多名12岁小孩的背景和行为特征进行了细致深入的考察，并跟踪调查他们至52岁，最终得出结论：排除智商、父母的社会经济地位和接受教育的机会等因素的影响，这群人中高收入者最显著的非认知类影响因素就是小时候“爱挑战师长”“喜欢打破规则”。

一块光滑圆溜、没有棱角的石头，很难脱颖而出。一个没有个性和主见的孩子，毫无创造能力，也很难成就大事。

因此，父母不要总是抱怨孩子不听话，难以管教，殊不知，过分强调孩子服从可能只是满足了父母自己的需求，却压制了孩子的天性，扼杀了孩子的创造力。对于孩子的淘气、不听话，父母要多一些包容和理解，不要随随便便就给孩子贴上“坏孩子”的标签；要多一些耐心和守护，发掘孩子天性中富有冒险和创新的特质，然后用心浇灌，静待花开。

一位名人小时候曾被父亲、兄长及身边的人认定是一个“坏孩子”，母牛走失了，树莫名其妙被砍倒了，每个人都认定是他做的。村里的人都认为他的母亲死了，没有人管教他是他变坏的主要原因。

有一天，父亲对他说自己要再婚，给他找了一个新妈妈——继母。他打定主意，不把继母放在眼里。继母走进家门，走到每个房间，愉快地向每个人打招呼。当继母走到他面前时，他像枪杆一样站得笔直，双手交叉在胸前，冷漠地瞪着她。

父亲介绍说：“这是全家最坏的孩子。”

令他永生难忘的是继母当时所说的话。她把手放在他的肩上，亲切地看着他，眼里闪烁着光芒。“最坏的孩子？”她说，“一点也不，他是全家最聪明的孩子，我们要把他的本性诱导出来。”

当时他年仅9岁，但也能分辨出言语的好坏，这是他第一次听到别人称赞自己。他几乎不敢相信自己的耳朵，怯怯地问道：“我真的是个聪明的孩子？”

“是的！”继母坚定地回答，并把他搂进怀里。他内心感受到一股暖流在流动，情不自禁地流下了眼泪。继母轻轻地为他拭去泪水，说：“男子汉不哭，聪明的孩子应该用聪明的行为来体现！”

他不解地问道：“什么才是聪明的行为呢？”

继母顿了顿，回答说：“从今天开始，我们就开始聪明的行为，好吗？”

当他将自己收拾得整洁干净后去见继母时，继母高兴地夸奖他说：“多英俊的孩子，怎么会是坏孩子呢？你就以这种崭新的形象，礼貌地和碰到的人打招呼，然后主动去帮助别人，这就是聪明行为的第一步！”

不久，他冒着危险帮一位乡邻拦住了一头奶牛，避免了奶牛冲上公路而酿成交通事故。继母知道后，非常肯定地说：“这孩子肯定会变好的，说不定将来会有大出息。”

他的父亲则说：“就凭他以前故意放走别人家奶牛的事实，他还能去帮助别人吗？不可能！”

但是继母坚信：“像他这样的孩子，如果教育得当，真的会成为有用的人才！”

继母的循循善诱，使他渐渐朝好的方向转变。接着，继母又开始引导他制订学习计划，要求他每天必须按照制订的计划进行学习，她将每天抽时间检查他的完成情况。渐渐地，他对各种知识产生了浓厚的兴趣，再也没有时间和精力去惹是生非了。

可以说，正是继母造就了他，她相信他是个好孩子，从而促使他也想要做个好孩子。

能够像这位继母这么做的家长在现实中并不多见。当孩子表现不好时，很多父母往往一味地抱怨、指责孩子，而很少反思孩子不良行为背后的原因并有效地帮助孩子改变，结果把原本活泼可爱、朝气蓬勃的好孩子，变成了没有志气、没有理想、自暴自弃的“坏孩子”。

不可否认，改造一个“坏孩子”会有一些难度，但只要父母掌握正确的方法，让“坏孩子”变得优秀起来也是有可能的。

如果一个孩子喜欢打架，父母每次发现后，只是将他痛骂或暴打一顿，那么，这种方式不仅对孩子起不到教育意义，反而可能加剧孩子的负面行为，让孩子在“坏”的道路上越走越远。

孩子犯错，要根据情况灵活处理，让他知道自己错在哪里，为什么错，有可能造成什么后果，应该怎么改正和弥补，引导他不断反思和改正，这才是教育犯错孩子的正确方式。

而且，对孩子的批评应该坚持“一次错误，一次批评”的原则。如果孩子在短时间内又犯了同样的错误，父母要换一个角度、换一种方式来让孩子认识错误，避免让孩子觉得过去的错误被揪住不放，从而产生逆反心理。

面对表现不好的孩子，父母要将自己对孩子的期望通过语言和行为传递给孩子，使他感受到来自大人的关注和期望，这种积极的关注有助于培养孩子的自尊、自爱、自信、自强，进而在各方面都取得进步。这样，一个看似难成大器的孩子，也可能在不经意间带给父母意外的惊喜。

父母还要学会赞美孩子，哪怕孩子只是取得了一点很小的成就，也要及时给予赞美和鼓励。这会让孩子有一种成就感，更乐于朝优秀努力，对于父母的一些批评和教诲也更愿意接受。

著名教育家陈鹤琴说：“无论什么人，受激励而改过，是很容易的；受责骂而改过，却不大容易，而小孩子尤其喜欢听好话，不喜欢听恶言。”如果父母整天抱怨和指责孩子，孩子就会感到沮丧，甚至可能自暴自弃，向不好的方向发展；如果父母学会赏识孩子，孩子就会心存感激，心生希望，积极地朝着父母赏识的方向发展。

没有“逆反”的孩子，只有没做对的父母

曾经有这样一则新闻：五年级学生李顺在放学回家的路上，被两个大男孩拦住，威胁李顺借点钱给他们花。遭到李顺拒绝后，两个大男孩便上前去硬抢，将李顺攒了近半年的零花钱180元全部拿走。

其中一个男孩的父亲得知此事后十分震惊，因为这不是一起简单借钱花花的事，这种行为属于抢劫，是在犯罪。他对孩子进行了严厉的批评教育，并打算报警。男孩意识到事态的严重性后，给父亲写了一份深刻的检讨，还有一份保证书。父亲见儿子态度诚恳，及时悔改，暂时放下了报警的念头。他通过李顺的班主任联系了李顺的父母，向他们道歉，希望得到他们的原谅，并且表示以后会严加管教孩子，杜绝此类事件再次发生。他让儿子当面将180元钱还给了李顺。另一位男孩的父母也领着孩子赶了过来。在三方家长的监督下，这两个大男孩一起向李顺道歉，并对自己的行为感到懊悔与羞愧。

孩子犯了错误，不能因为他们年幼无知就轻易放过，而要抓住每一个教育的机会，帮助孩子树立正确的三观。

在上面这个例子中，那位大男孩的父亲没有偏袒儿子，并且用一种比打骂更有效的方法教育了儿子，使儿子知道自己错在哪里，

让儿子为自己的错误行为承担责任，从而让儿子真正地成长起来。

有的父母过分宠爱孩子，孩子做错了事情，不但不批评，反而为孩子当挡箭牌、护短，甚至将责任推给别人家的孩子。还有的父母觉得孩子还小，不懂事，做错事也没必要指责、批评孩子，对孩子的错误行为选择忽视或放任。这些做法是非常片面和有害的，只会蒙蔽孩子的心智，让他更加无所顾忌，以后还会重复犯错。如果不及时纠正，孩子的错误就会像滚雪球一样，越滚越大，越滚越快，发展到不可收拾的地步。有的孩子还走上了犯罪的道路，一生就此毁掉。

在家庭教育中，有一句名言："善意的教育从来都不是袒护。"对孩子袒护越多，伤害就越深。孩子犯错是在所难免的，但是父母一定要让孩子及时明白自己的做法是不对的，知道自己错在哪里，自己的行为将会产生什么后果；同时，还要对孩子循循善诱，引导孩子为自己所犯的错误承担责任，及时纠正错误，避免再犯。只有这样，孩子才能成长为一个敢于承认错误、改正错误并且主动承担责任的人，才能成长为一个心理健康、人格成熟的人，才能成长为一个对社会有益、对国家有贡献的人。

有的父母认为，只有在气势上震慑住孩子，让孩子感到畏惧，才能有效地管教孩子。所以，他们在孩子犯错后总是大发雷霆，甚至对孩子进行体罚。结果，孩子可能会因为恐惧而无法冷静思考自己的错误，对父母的训斥感到恐慌，甚至因为忍受不了父母的训斥而采取极端行为；另一方面，孩子也可能因为被激怒而反击，这个时候，孩子根本不会考虑自己错在哪里，只想跟父母对着干。

对于犯错的孩子，教育的目的是让他认识并改正自己的错误，而不是逼着他为自己的错误行为付出代价。责骂只会激起孩子的逆反心理，如果遇到自尊心极强而心理又很脆弱的孩子，还可能把他逼上绝路。

实际上，当父母语调平静、表情严肃地跟孩子谈话时，往往能不怒自威，对孩子更有震慑力。

周一上午，父亲和儿子一起出门，父亲去开会，儿子去看电影。两人约定：下午5点儿子到父亲开会的地点集合。结果，儿子看电影太过投入，以致忘了时间，等到想起与父亲的约定，匆匆赶过去时，已经快7点了。他不敢告诉父亲实情，便撒谎说自己去了趟图书馆。

父亲知道儿子在撒谎，周一是图书馆的闭馆日，但他没有发怒，只是对儿子说："我要反思一下对你的教育，问题出在哪里，以至于你不敢对我说实话。为了弄清楚我究竟错在哪里，我要步行回家。"

于是，他让儿子乘车回去，自己则沿着一条尘土飞扬小路走回家。从开会的地点到家有近10公里，他花了3个多小时才回到家。

儿子见父亲迟迟未归，感到十分后悔。但这次经历让他铭记终身，如果父亲只是简单地骂他或打他一顿，恐怕他不会记住这次教训。

惩罚，特别是打骂的方式，虽然能迅速达到管教的目的，立即制止不良行为，但惩罚对孩子产生的不良后果也显而易见，比如孩子会用愤恨、报复、反叛、退缩来"回敬"父母。

所以，当孩子犯错时，父母首先要控制好自己的情绪，引导孩子思考自己的行为到底错在哪里，给别人带来了怎样的麻烦或伤害，下一次遇到类似的事情应该怎么做才能避免犯错，然后陪着孩子一起去承担后果，并示范正确行为。

一个7岁的男孩在楼道里涂鸦，洁白的墙面被涂得墨迹斑斑，乱七八糟。妈妈得知后，带着儿子挨家挨户道歉，并购买油漆，请来工人，三人一起动手对墙面进行粉刷修复。

这位妈妈的做法非常明智，通过亲身示范给儿子上了一堂生动的教育课，既解决了问题，又对孩子言传身教。相信孩子在参与处理问题的过程中，深刻体会到了自己行为的不妥，以后不会再犯类似的错误。

父母要包容孩子走弯路

无数的故事告诉我们，世上许多伟大的发明和举世瞩目的成就往往源于错误和失败。这也意味着，在某些情况下，我们能从错误中学到的东西，可能比从成功中学到的还要多。

因此，孩子如果在成长中犯了错误，或者将一件事搞砸了，父母也不要过多批评和指责孩子，应当引导孩子分析为什么会出错，从错误中总结经验，以错误为契机，探索出一条崭新的路。

当然，错误本身不会产生机会。要把错误变成学习的机会，还需要一双慧眼，加上用心和细心，这样才能发现机会，从而抓住机会。

周末，倩倩在家里画画，美术老师给她布置了一项作业，主题是“蚂蚁的家”。倩倩画得很认真，但没过一会儿，她就带着哭腔叫道：“妈妈，你看我该怎么办？”

妈妈走过去，只见倩倩精心设计的蚂蚁的家，有很多通道在地下蔓延、相连，四通八达。但是，妈妈没看出哪里不妥，于是不解地问道：“你画得很好啊，有什么问题吗？”

倩倩指了指一个地方。妈妈这才发现，倩倩在那里多画了一笔，使一条通道变成了死胡同。倩倩本来对自己的画作还挺满意，这下整个画都毁了，她心里十分懊恼。

妈妈连忙安慰她："别着急，我们一起来想想有没有补救的办法。"

倩倩不高兴地说："可是，这都没法改了啊！"

妈妈提醒她道："你想一想，能不能把这条死胡同重新变成通的呢？"

倩倩摇摇头说："我想不出来。"

"这条竖线使蚂蚁家的通道变成了死胡同，想想看，怎么样能把竖线变成通道，让这里也可以走呢？"妈妈一边说一边用手做着动作，引导倩倩开动脑筋。

倩倩皱着眉头，重新审视自己的画作。突然，她高兴地叫道："我知道啦！把竖线画成一扇门，蚂蚁不就可以爬进屋了吗？"

她一边说一边拿起笔，迫不及待地画了起来。最后，她绘出了一幅构思更巧妙的画作。

通过这件事，妈妈让倩倩意识到：一时的错误并没有想象的那么可怕，其中也蕴藏着新的机会，如果换个视角去看待错误，可能会得到更圆满的结果。

事实上，孩子的思维是很活跃的，他们也富于联想与想象，并充满了奇思妙想。如果父母能够把握住孩子的这个特点，锻炼孩子的思维，让孩子抓住事物之间的相关性，便能很好地锻炼他们的发散思维能力，引导他们不断向前发展。

错误之所以能够转变为成功，关键在于它具有启发性，可以激发人们深入思考更多细节上的东西。世界上的很多发明家，在发明过程中犯下过许许多多的错误，但他们以错误为契机，勤于思考、不断实验，从而获得了新的创意，创造出了惊人的发明。可见在创意的萌芽阶段，错误是创造性思维不可或缺的一部分。

2002年的一位诺贝尔化学奖得主，只是一家生命科学研究所的小职员，平凡得毫不起眼。而他的成功源于一次错误。

在一次工作中，他不小心操作失误，将甘油倒入钴试剂中。因为觉得钴试剂挺贵的，丢了可惜，他决定将错就错，将测试进行到底，结果意外发现了可以吸收激光的异常物质，为以后震惊世界的发明——对生物大分子的质谱分析法奠定了基础。当时公司奖励了他，他还挺惭愧："这次实验，完全是由于我对化学的无知，把不该放一起的东西混到了一起。"

这事告诉我们，出错并不一定是坏事，错误中隐藏着全新的思路和成功的机会。如果我们能够坚持不懈，积极思考，多方面尝试，就可以将错误变为成功的基石，一步步地迈进成功的殿堂。

孩子也是一样，当孩子平时做事出了差错，父母要告诉孩子千万不要气馁，不要沮丧，要学会在错误未发生时防微杜渐，在错误出现之后则努力寻找新的思路和方法，说不定会取得更大的成功。

开放型思维，引导孩子学会取舍

孩子做事执着，是件好事，说明孩子做事有坚持到底的决心和毅力；但是过于执着又会变成坏事，因为孩子可能会因此陷入死胡同，缺乏变通能力。

方向错了，如果仍一条道走到黑，永远也到达不了目的地。

麦瑞·格丽丝13岁时，梦想着做一名出色的医生。父亲在圣诞节送给她一副用金属挂钩组装起来的人体骨骼。此后，她手里总是拿着一块白骨，反复揣摩。2个星期后，她就可以完全拆卸这副人体骨骼，然后组装得天衣无缝、毫无瑕疵。

但是，这个爱好也让她失去了不少朋友，因为没有几个孩子喜欢这种看起来很恐怖的东西。大家都觉得她是个“怪人”。

19岁时，麦瑞·格丽丝如愿以偿地被霍普金斯大学医学院录取。她在校期间专心致志、刻苦钻研，成绩拔萃，成果丰硕。学院决定破例允许她提前跟随教授们研究课题，到医学院的附属医院去坐诊，学习实际诊断技术与经验。副校长说：“既然她已经为到‘罗马’付出了那么多的努力，我们不妨让她前进的速度更快一些。”

不幸的是，在一次手术中，麦瑞·格丽丝发现自己竟然患有晕血症。为了避免出现晕血的症状，她戴上墨镜，私下里在实验室解剖青蛙、豚鼠，但都失败了。只要闻到血的味道，她就会出现晕血的症状。

之后，她不得不转修内科，然而，内科的病人也有咯血等症状，她在一次查房时再次晕倒。

麦瑞•格丽丝十分沮丧，当医生的梦想破灭了。她休学回到家中，整日不出门。

一天下午，麦瑞•格丽丝的奶奶拿着从《国家地理》杂志上精心找出的一些图片，来到她的卧室，将那些美丽的风景展示给她看。

麦瑞•格丽丝十分疑惑，不知奶奶用意何在。直到她看完最后一张图片，奶奶才抚摩着她的头发柔声说："孩子，这个世界上不仅仅只有罗马，只要你愿意，你完全可以到达其他同样美丽的地方，甚至更加美丽的地方。"

麦瑞•格丽丝听了，失声痛哭。不久，她重新选择了一所大学。毕业后，她在报纸上看到人们在讨论芭比娃娃，说芭比娃娃的身体太过僵硬，能活动的关节不多，眼睛也不够大，与大家心目中的形象相差甚远。

麦瑞•格丽丝想起了组成人体的那些骨骼，想起了自己积累的知识。她进入米斯科玩具公司，创造性地发明了骨瓷环，使芭比娃娃更接近真实的人体，赋予了芭比娃娃更宽的额头、更大的眼睛和更灵活的肢体。这就是我们今天所见到的风靡全世界的芭比娃娃。

如果麦瑞•格丽丝固执地坚持下去，她会是什么样子呢？也许一事无成，整天幻想着自己的"罗马"，却始终遥不可及。

孩子性格执着，坚持要求做某件事，父母要理智地对待，与孩子一起探讨分析，看看孩子是否适合做这件事。比如，孩子喜爱运动，希望自己将来能够成为一名奥运冠军，父母就要看看孩子是否具备成为奥运冠军的身体素质和潜力，是否适合在体育这个领域发展。假如孩子确实不适合，那就劝导孩子不要太执着，要及时改换方向，在更适合自己的领域去发展，让自己发光发热。

明知目标永远无法实现时，强求只会导致自我挫败，最明智的做法就是及时止损，调整方向重新开始。

我们当然希望孩子做事坚持到底，但同样重要的是，我们也应当告诉孩子，有时勇于放弃也是一种明智的选择。这条路不通就换一条路，不然前面就是悬崖，难道也要跳下去吗？

走不通其实是一种信号，提醒孩子在该拐弯的时候就应该拐弯，而不是一条道走到黑。如果克服困难所需的能力远远超出了孩子的能力范围，那么为什么不绕道而行呢？在思考方式上做一些调整，让自己拥有一个良好的心态，可以帮助孩子突破眼前的困境，奔向美好的未来。

皮尔·卡丹早年想成为一名出色的舞蹈演员，但是家里太穷了，无力支持他去实现自己的梦想。为了谋生，他进了一家裁缝店工作，渐渐地接受现实，努力学习缝纫技术。后来，他成了享誉世界的时装设计师，建立了自己的公司和服装品牌。

世上有无数的道路，总有一条适合孩子。父母要告诉孩子，这条路不通，就及时调整方向；不适合在这个行业发展，就到另一个更适合自己的行业去发展，这样才能少走或不走弯路，顺利地抵达目的地。

成长型思维，不念过去，不畏将来

有时，孩子可能会因为过去做得不对或者做得不好的事情而纠结不已，深感自责。比如：上台表演时有个动作做错了，考试没有考好，回答老师的提问时答错了，等等。孩子感觉自己什么都做不好，内心忐忑不安，“为什么我会这么笨”“那道题我明明会的，要是答对了就好了”“如果我这样回答就好了”……然后陷入深深的自责之中，以致对自己失去了信心。

小桑十几岁时，经常为自己犯过的错误而懊悔；交完考试卷以后，他常常夜里睡不着，害怕自己考不及格。他总是想着自己做错的那些事情，希望当初自己没有那样做；总是回想自己说错的那些话，后悔不已。

一天早上，全班同学到科学实验室上课。老师把一瓶牛奶放在桌子边上。大家都坐下来，望着那瓶牛奶，不知道老师为什么要把它带过来。

过了一会儿，老师突然站起来，一巴掌把那瓶牛奶打翻在水槽里。同学们都惊呆了，这时老师却大声说道：“不要为打翻的牛奶而哭泣。”然后他让所有学生都到水槽旁边好好地看看那瓶被打翻的牛奶，并对大家说：“我希望大家能记住这一课。这瓶牛奶已经漏光了，无论你怎么着急，怎么抱怨，都没有办法再挽回一滴。如果事先做好预案，做好保护，这瓶牛奶就可以成为我们可口的饮品。可是现在已经太迟了，我们现在能做的，就是把它清理干净然后忘掉，丢开这件事情，专注于下一件事。”

那天晚上，小桑终于睡了一个好觉，因为他已经知道不必纠结于过去的错误，应以良好的心态去面对明天。

如果错误已经发生，再去纠结、后悔都无济于事。每个人都有无知和犯错的时刻，历史上，很多名人也犯过错，如拿破仑在一生中输掉了 1/3 的战役，即使动用法国所有的军队，也无法挽回他过去的失败。

过去的已经过去，不管发生的是好事还是坏事，再怎么纠结也改变不了。生活还要继续，与其在痛苦中挣扎，浪费时间，不如重新确立一个目标，奋发努力，开启新的人生征程。对于过去的错误，它真正的价值就是让孩子分析自己犯错的原因，从中吸取教训，以便在今后不再犯类似的错误，在人生的道路上走得更稳更快。

孩子如果持续地为自己的过错感到后悔，从短期看，会影响到孩子的生活与情绪；从长期看，则可能让孩子做事时畏首畏尾。

错误已然铸成，那么孩子可以做的，就是让它发挥价值，从中吸取教训，积累经验。

一名职业篮球运动员回顾自己被禁赛的经历时，这样对记者说：“我成长了。显然人们会从错误中吸取教训。人们不该一直纠结于过去，要不断学习进步。我就是这样做的。”

的确，人不应当纠结于过去的经历，也不应该总是为过去犯下的错误而后悔。后悔于事无补，比后悔有用的是想办法弥补错误、改进自我，而不是沉浸在后悔的情绪里不能自拔。

孩子过去犯下的错误会给他带来一些不良影响，有时他纠结于过去的错误，说明他在反省，寻求改正，想要纠正自己的错误，改掉自己的缺点。对此，父母应当表现出宽容的态度，坦诚地跟孩子沟通交流，引导孩子以实际行动来表示改过的决心和诚心。

重要的是，父母要告诉孩子学会接纳自己，接受自己只是一个有弱点的平凡人这一事实，生活中发生的每一件事，不论是对是错，都在一点一点地塑造着他。

开拓型思维，先求完成，再求完美

很多孩子有追求完美的习惯，对事物有过高的要求，或是总觉得自己做得不够好。这种心态导致他们总是害怕做错事情，有时一个小小的失误也会让他们内心极度痛苦。

10岁的曼曼很喜爱折纸，她不仅喜欢阅读折纸方面的书籍，而且喜欢观看折纸方面的视频。她对自己要求非常严格，在折纸的过程中稍有不如意，脾气立马就上来了。妈妈刚要与她探讨改进的方法，她已经将折纸揉成一团，扔进了垃圾桶。写作业的时候，她要是觉得自己完成得不够好，便用橡皮在作业本上反复地擦来擦去，本来半小时能写完的作业，她往往需要一个多小时，导致效率极为低下。

孩子追求完美，除了性格方面的原因或者追求完美敏感期的影响，有时跟大人的态度也有关系。

对于刚上小学一年级的艾文来说，她的字已经写得很好了，许多同学的妈妈都夸她的字写得工整有形。但她的妈妈总以大人的角度去要求艾文，觉得有些字的笔画、结构改一改会更好，时常在艾文写作业时对她指手画脚。渐渐地，艾文对自己写的字越来越不自信，甚至越写越差。

所以，有时不是孩子追求完美，而是大人在吹毛求疵。父母越是要求孩子做得完美，孩子的抵触心理越强烈。

其实，不完美才是真实的人生。完美的人生只是我们的美好愿望。父母对孩子的要求要适可而止，以成年人的标准来要求孩子做事，期望孩子什么事都做得非常完美，只会给孩子造成很大的心理压力，不利于孩子身心的健康成长和学习的进步。

而且，当孩子做事一味地追求完美，不惜耗费更多的时间和精力去做一件事时，反而会降低做事的效率，影响探索新事物的能力。

子扬读五年级时，被选为班里的宣传委员。恰逢国庆节来临，他决定代表班级出一期黑板报。他打算画一幅潜龙腾渊、鳞爪飞扬的图案，来诠释青少年应具有龙马精神。但是龙的线条很复杂，似乎超出了他的绘画能力。忙活了几天后，他发现画出来的作品跟自己期待的效果相比有很大的差距。于是，他寻求一位美术功底较好的同学的帮助。为了出精品，他们反复修改，出黑板报的截止时间眼看就要到了，但作品的效果仍不尽人意。子扬十分沮丧，觉得自己无法胜任宣传委员的职务。

爸爸见子扬最近几天怏怏不乐，便向他询问原因。了解了事情的原委后，爸爸对子扬说："追求完美固然重要，但首先得完成任务，任务都完不成，完美从何谈起呢。不管画得好与差，你得先完成。在完成的稿件上发现不足之处，再去修改会比较容易，因为此时你的心境不一样了。"

经过父亲的开导，子扬不再纠结，决定先完成作品再说。有了这个心态，他对完成的作品比较满意。黑板报出完后，他得到了老师和同学们的一致好评。

有了这次经历，子扬受益匪浅。在后来的学习中，他不再一开始就给自己定太高的标准，而是先追求完成，再追求完美。

追求完美没有错，但要把握一个合理的度，可以追求完美，但不苛求完美，努力去做，对结果顺其自然，也就是尽人事，听天命。这样既保持了前进的动力，又消除了情绪的困扰，反而能够更加从容地面对挑战，更好地前进。

5

CHAPTER

孩子不可任性，要有韧性

孩子努力学习的后劲从哪里来

让孩子相信，他拥有让自己变好的力量

告诉孩子，输赢皆是一场经历

孩子的不坚持，其实是父母先放弃

你有足够多的耐心，才会有足够好的孩子

孩子努力学习的后劲从哪里来

努力不一定成功，放弃却一定失败，平日的努力，总有一天会得到回报。

小琴上小学三年级，是个听话乖巧的孩子。上课时，很多同学都不做笔记，她则把老师讲的重点和难点一笔一画、认认真真地记下来。每天放学回家后，她第一件事就是放下书包，马上写作业，根本不用大人督促。而且，只要是老师和父母布置的任务，她都积极完成。但是，她这么勤勤恳恳地学习，成绩却始终保持在中等偏上。

父母安慰她，她却抱怨说，有些同学上课不怎么做笔记，学习也是一副轻松的样子，可是考试总能取得不错的成绩。她为此感到十分沮丧，觉得自己很笨，而且付出了很多也没有得到回报。

像小琴这样的情况并不少见，有的孩子整天孜孜不倦地学习，成绩还是不尽人意；而有的孩子每天花在学习上的时间并不多，玩的时间也不少，但是学习成绩仍然不错，甚至名列前茅。

出现这种差别，可能与多方面因素有关，比如努力程度、资源多寡、天赋高低、方法优劣、体质强弱等。

对此，父母首先要承认，每个孩子的智力水平、兴趣等都不一样。

如果孩子确实在学习上表现平平，那就坦然承认，让孩子学会跟自己和解，接受自己某些方面不突出的事实。当大人和孩子都接受了这一客观事实，心理就会平衡很多，而父母也能适当调整对孩子的期望，减轻孩子的压力。

其次，父母要引导孩子反思一下自己的学习方法是否合适，只有方法对了，才不会让努力变成无效的勤奋。

很多孩子上课很认真地听讲，也做了很多习题，却从来没有思考知识的关联性，没有对知识进行总结与归纳，做到举一反三。一旦考试时同样的内容换个方式考察，就难以应对。

那么，这种“吃力不讨好”的学习模式，到底是哪里出了问题呢？归根结底，主要是孩子学习没有找对方法。真正的努力，不单单是拼时间，还要讲究方法。只有方法得当，才能抓住问题的核心，才能举一反三，提高效率，获得理想的效果。

搞清楚了以上两点，父母不妨再启发孩子认真思考一下：所谓的回报是什么？你是要比别人强，还是比原来的自己强？其实没有必要拿自己跟别人比，因为每个人起点不同，能力也不同。所以要专注于自己的成长，拿自己的今天比昨天，只要每天都进步一点点，只要今天比昨天好，便是对你努力最好的回报。

让孩子相信，他拥有让自己变好的力量

李恒大学快毕业的时候，因为一时的松懈，有门功课成绩不及格。他硬着头皮去找老师通融，老师毫不犹豫地拒绝了他。他的心情糟糕极了。现在他只有两个选择，要么放弃学位，要么重修这门课程。

父亲知道此事后，没有责怪他，然后语重心长地对他说："我知道你很失落，但现在要做的是以积极的心态去面对，拿出有效的方案去改变。在将来的工作和生活中，也许你用不上这门课程的知识，但你应该记住教训——学习不能松懈，责任不能松动，工作不能松劲。"

有的时候，孩子考试成绩不理想不一定是坏事，说不定会成为促进孩子发奋努力、获取更好成绩的契机。即使有的孩子成绩一向优秀，但也不能保证每次考试都不会遭遇滑铁卢，考试失利是学习中的正常现象。

晚饭后，女儿对妈妈说："我的同桌这次语文考试成绩不理想，在班上哭了。虽然我知道哭不能解决任何问题，但是我很理解她，我有时也和她是一样的心情，考得不好，心里就很难受。"

妈妈一直想给女儿说明，哭是应对困难的消极方式。现在女儿说起同学的事情，显然是在变相地表达她对于考试失利这件事的看

法，于是妈妈也改变了自己的想法：就让孩子哭一哭又会怎么样呢？哭不是一种最直接、最无害的减压方式吗？

孩子考试没有考好，其实他心里也是难过的，会有很多复杂的情绪。作为家长，首先要接纳孩子的这些感受，帮助孩子平复情绪，然后引导孩子思考为什么没有考好，以后要怎么改进，从中吸取经验教训。

另外，让孩子体验一下考试失利也有积极的意义。如果孩子习惯了享受获得成功的愉悦，一旦某一天成绩落后，就有可能经不起失败的打击，这也是父母不愿意看到的。

放学接到刘宇时，妈妈发现她垂头丧气，一副闷闷不乐的样子。回到家后，妈妈才知道刘宇这次数学考试只得了74分。但妈妈没有生气，还有点庆幸，因为刘宇最近几门功课考试成绩都是全班第一，有点骄傲了。不过，妈妈还是安慰她说："这次没考好，没关系，下次努力。"

"考得这么差，你不批评我吗？"刘宇仍然有点忐忑不安。

妈妈笑着说："一次考试失利并不代表次次考试失利，关键要找出没考好的原因，在以后的考试中不再犯同样的错误。"

接着，妈妈要求刘宇将没有得分的题在错题本上重做一遍。20分钟后，妈妈高兴地在错题本上给出了94分，并对刘宇说："你现在的成绩是94分。剩下的一道不会做的题，你再认真思考一下，顺便查查复习资料。如果还不会做，可以请求老师或同学的帮助。"

5分钟后，刘宇把最后一道错题解答出来了。妈妈检查后，将94分改成了100分，然后对她说："现在你知道自己这次数学考试没有考好的原因了吧？"

刘宇不好意思地说：“我太粗心了，简单的计算都犯错，应用题也没有认真审题。”

妈妈进一步启发道：“通过这次经历，在以后的考试中你应该怎么做呢？”

刘宇想了想，回答道：“以后一定要认真审题，专心计算，做完后再仔细地检查一遍。”

妈妈欣慰地说：“好孩子！还记得上次咱们一起去登山吗？你累得不行，到了半山腰便想放弃，我让你想想在山峰陡峭、高耸入云的泰山上，为了满足游客的需求，一批挑山工从泰山脚下向泰山山顶挑送食品、饮料等生活用品，再将山上的垃圾运到山脚，他们肩上的担子重上百斤。他们挑担不畏难、登山不畏艰、坦途不歇脚、重压不歇肩的精神令你大受鼓舞，最终顺利登上了山顶。这次数学考试没有考好，你也要学习挑山工不怕苦、不惧累的精神，一步一个脚印，夯实基础，不坠青云之志，勇攀学业高峰！”

听了妈妈的话，刘宇认真地点了点头。

孩子考试失利，本来就心怀忐忑，内心充满了自我怀疑，这个时候，他们希望得到的肯定不是父母的打骂和指责，而是安慰、鼓励以及具有可行性的建议。所以，摒弃盲目批评，重视实际指导，给孩子提出建设性的意见以及具体的改进计划，是父母需要掌握的教育艺术。

告诉孩子，输赢皆是一场经历

孩子好胜心强，只要取得了一点成绩，便沾沾自喜；一旦遇到一点小小的失利，便如临大敌。这种过度重视输赢的态度，对孩子的成长是极为不利的。

国庆假期，睿睿与父母一起玩跳棋游戏。在游戏开始之前，大家商量好最后一名需要表演一个节目。睿睿兴致很高，跃跃欲试，但很快他就输给了爸爸，又以一步之差输给了妈妈。这下他不高兴了，气呼呼地将棋盘推到地上，玻璃珠子滚了一地。妈妈说了他两句，他竟“哇”的一声哭了起来，把自己关在房间里不出来了。

适度的好胜心能够激励孩子追求卓越，获得进步。但是过度看重输赢、输不起，就是一种不正常的现象了，这样的孩子将难以承受挫折的打击和失败的考验。

因为输不起，孩子常常会哭闹、撒泼，对别人心怀嫉妒，甚至故意破坏别人的成果，以致人际关系不和谐。

因为输不起，孩子会陷入深深的愧疚、自责中，情绪压抑，容易产生心理问题。

因为输不起，孩子可能为了赢而不择手段，或者因为失败而一蹶不振，甚至因为不堪压力而选择轻生。

对于输不起的孩子，父母要时常开导孩子：每个人都有输的时候，人生有赢有输，有成功有失败。一时的输不代表永远会输，关键在于输了之后不气馁，不放弃，找出输的原因，就有机会赢回来。如果输了之后一蹶不振，丧失了继续奋斗的勇气，那才是真正的输。

父母的态度极为关键，如果父母一心期望孩子赢，鼓励孩子去赢，不能理性引导孩子看待输赢，就会加重孩子的心理负担，危害孩子的健康成长，阻碍孩子未来的发展。

以下这位妈妈的做法值得学习借鉴：

晨晨参加了社区举办的独舞比赛，因为是第一个登场，又是第一次参加比赛，她虽然有点紧张，但发挥得还不错。后来出场的参赛者有的跳得很流畅，有的跳得有爆发力，有的台风沉稳……显然，她们都有参赛的经验。按比赛规则，初赛只有进入小组前8名才有资格进入下一场比赛。晨晨落选了。

晨晨内心很失望，但她仍尽力控制自己的情绪。妈妈知道她心里不好受，安慰她说："晨晨，这次比赛你表现很好，比平时练习时都跳得好。"

晨晨说："那又有什么用，我还是落选了。"

妈妈说："虽然落选了，但是你了解了整个比赛的过程，欣赏到了优秀参赛者的舞技，积累了比赛的经验，以后参赛就不会像今天这样怯场了。"

晨晨带着哭腔说："可是我已经很努力了！"

妈妈抱了抱她，说："这次你敢于参赛，妈妈很佩服你的勇气。不过，优美的舞蹈离不开刻苦的训练，今天许多参赛者训练的时间比你长，付出了汗水比你多。你只是把跳舞当成一种兴趣，今天的表演已经很棒了，但是，如果你想在今后的比赛中获得名次，还得加强训练，正所谓'台上一分钟，台下十年功'。"

在以后的日子里，不服输的晨晨每天坚持练习舞蹈基本功，并在舞蹈班寻求老师对自己动作和技术的指导。舞蹈老师经常夸她有悟性，进步很快。

又到了一年一度的社区独舞比赛，晨晨再次报名参加了，并且在比赛中脱颖而出，获得了第二名，捧回了一个大大的奖杯。

孩子在比赛中是赢是输，与多方面因素有关。当孩子在比赛中输了，父母要注意安抚、疏导孩子的情绪，然后和孩子一起分析输的原因，将孩子的注意力从关注输赢这个结果转移到解决实际问题上来，引导孩子思考：为了下次取胜应该做些什么，怎么做？自己有哪些弱点需要克服？技能怎么样才能得到提高？有了具体的目标后，再陪孩子多练习，鼓励孩子用实际行动去争取更好的结果。

要让孩子输得起，还有一个有效的方法，就是让孩子多参加各种比赛，让他明白天外有天，人外有人。这样既能克服孩子的骄傲心理，催其奋进，又能让孩子尽早体验受挫折的滋味，增强其心理承受力。

还有的时候，孩子输不起，更多的是父母输不起。每次孩子参加比赛，他们比孩子还要紧张，并且对孩子输赢的结果反应过度：孩子赢了，他们就大声喝彩；孩子输了，他们就大发雷霆。如果父母能够保持平常心，放下功利心，心平气和地对待孩子的输赢，那么孩子对待输赢的态度也会更坦然一些。

孩子的不坚持，其实是父母先放弃

小雅的妈妈说，女儿做事总是不能坚持到底。起初，小雅见身边的小伙伴在学习舞蹈，也整天在家里吵着要上舞蹈班。妈妈便找了一家名气较大的舞蹈班，给小雅报了名。没想到小雅才上了几次课，便觉得练功压腿太痛苦，哭着要妈妈将舞蹈班退掉。

妈妈心疼女儿，也就同意了。不久，小雅又吵着说班里好多同学在学钢琴，她也想学。妈妈拗不过她，又交几千元报了一个钢琴班。结果，学了一段时间后，同样的事情又发生了——小雅觉得学钢琴太枯燥无趣，不想再学下去了。

孩子对世界总是充满了好奇心，乍一接触新鲜事物，他们会表现出一些兴趣，于是主动要求父母给自己报班学习。可是随着兴趣班学习的深入，或者是有了难度，或者是练习比较枯燥，或者是老师比较严厉，或者自己缺少该方面的天赋，等等，有些孩子便产生了抵触心理，当初的那一点点兴趣也消失殆尽，于是想要半途而废。

许多家长都有类似的经历。很多父母诉苦："我家孩子报了钢琴、围棋、书法、画画，花了不少钱，都是无功而返。"父母投入了大量金钱，付出了许多时间和精力，孩子却只有三分钟热度，学了一阵就不想学了，让父母十分苦恼。

子涵的妈妈也遇到了类似的事情，子涵报了舞蹈班后不久，同样因为练功压腿时太疼，吵着要放弃。因为子涵一直很期待上台表演，妈妈就告诉她："压腿是疼，不过要想上台表演，你就得忍受疼痛，坚持下去！"

子涵哭着说："我才不要上台表演，我就是不想学了。"

妈妈只得继续开导她："你看你们班其他的小朋友也要压腿啊，她们也会哭，但是下一节课，她们还是坚持来上课。你如果觉得压腿时很疼，可以哭出来，这都没问题的，但是不能因此就放弃。"

之后，有好几次子涵还是因为压腿疼想要放弃，但妈妈态度很坚决，她告诉子涵："压腿是练舞的必经之路，只要坚持下去，你迟早会渡过这个难关。"

在妈妈的劝说和鼓励下，子涵最终坚持了下来。现在，她在舞蹈上已经渐入佳境，不管是基本动作技巧还是完整的舞蹈，她都做得很好，受到了老师和同学们的一致称赞。她经常在下课回家后高兴地对妈妈说："今天老师又让我给大家做舞蹈示范了。"

正是因为坚持，子涵才有了进步，也收获了自信。

面对孩子的畏难情绪，父母的态度要温和，同时又要坚定，鼓励孩子不要遇到一点困难就轻易放弃。很多时候，家长的坚持对孩子的毅力和决心有重要影响。

孩子做事半途而废，有时确实是遇到了难以克服的障碍，所以才打起了退堂鼓。这时，父母帮助孩子解决实际存在的问题。当孩子成功跨过了这个障碍，学习就会渐入佳境，找回最初的热情。

有一位妈妈对朋友抱怨说，女儿学东西总是半途而废，画画学了不到半年就不学了，学芭蕾舞也是如此，嫌练功苦也放弃了。这次她给女儿报了游泳课，一开始女儿说得好好的，说一定会坚持下去。结果学了不到一年，她又说不喜欢了，死活不愿意去上游泳课。她给女儿做思想工作，把道理掰开了揉碎了讲，女儿仍然一口咬定：不喜欢，就不去。

妈妈无计可施，只能求助心理老师。心理老师问她："你深入了解过孩子不想去游泳的真正原因吗？"

妈妈愣了一下，不知道该如何回答。心理老师继续问道："孩子说她不想游泳，是不喜欢游泳这件事，还是在游泳中产生了挫败感？是不喜欢一起游泳的小伙伴，还是不喜欢游泳教练，又或者不喜欢现在的游泳时间……"

心理医生一连串的问题让妈妈感到有些茫然，她确实没有想过这些问题。心理老师接着说："问题就出在这里，你只看到了女儿不坚持游泳的结果，却没有关心她在游泳过程中遇到了什么情况，产生了怎样的感受。"

根据心理老师的建议，妈妈把与女儿游泳相关联的因素全都排查了一遍，包括一起游泳的小伙伴、教练、练习时长、游泳的时间、水温、泳衣、游泳装备、姿势、游速等。结果发现，原来是女儿游泳到了一个瓶颈期，水平总是无法提升，这让她感到很沮丧，不想继续游下去了。

妈妈把女儿放弃游泳的原因与教练作了沟通，教练调整了上课内容，在注重游泳动作标准的同时，将游速作为训练的重心。很快，女儿的速度有了提升，重新找回了自信，不再闹着不上游泳课了。

孩子在不断成长，也在不断碰壁，由于缺乏经验以及解决问题的能力，他们在遇到一些问题时会感到无助。这时，父母除了督促、鼓励孩子做事要坚持到底外，还要引导孩子如何去解决遇到的一些困难，从而让孩子找回自信，重拾前行的勇气。

你有足够多的耐心，才会有足够好的孩子

19世纪早期，大部分家庭使用的是煤气灯，但是这种灯有很多缺点，光线暗，烟雾大，还经常引发火灾。后来，英国的科学家戴维和法拉第发明了电弧灯。这种电弧灯用炭棒作灯丝，可发出很亮的光，但非常刺眼，且耗电量大，普通人家根本用不起。爱迪生便暗下决心："一定要发明一种光线柔和且节能的电灯来，让普通百姓都用得起。"

他开始着手研究灯丝的材料：用传统的炭条作灯丝，一通电灯丝就断了。用钌（liào）、铬（gè）等金属作灯丝，通电后，灯丝亮了片刻就被烧断，效果也不理想……就这样，爱迪生试验了1600多种材料。一次次的试验，一次次的失败，很多专家都认为电灯的前途黯淡，劝爱迪生放弃。英国一些著名专家甚至讥讽爱迪生的研究是"毫无意义的，在做无用功"。有记者写文章说："爱迪生的理想如海市蜃楼。"面对失败，面对所有人的冷嘲热讽，爱迪生没有退却。他明白，失败乃成功之母，每一次的失败，意味着又向成功走近了一步。

1879年10月的一天，好朋友麦肯基来看望爱迪生。爱迪生望着麦肯基长长的胡须发呆，突然说："胡子，亲爱的麦肯基先生，我要用您的胡子。"说着便拿起剪刀，请求麦肯基剪下一绺胡子。

爱迪生立即挑选了几根粗胡子投入到实验中，他先将胡子进行碳化处理，接着装在灯泡里。遗憾的是，试验结果还是不尽人意。“我还有头发。要不也试试看？”麦肯基用轻蔑的语气说道。爱迪生明白，头发与胡须是同一种材质，于是没有采纳朋友的意见。爱迪生与麦肯基握手离别时，看见麦肯基外套上系着一根棉线腰带，于是说道：“棉线，为什么不试试棉线呢？”

麦肯基毫不犹豫地扯下外套上的棉线腰带递给爱迪生。爱迪生把棉线放在一个U形密封容器里，用高温处理后再将其碳化，然后装在灯泡内。由于碳化棉线又细又软易折断，加上爱迪生既兴奋又紧张，镊子在他手上不停地颤抖。经过几个小时的不断尝试，爱迪生终于将一根碳化棉线装进了灯泡。此时夜幕正在降临，爱迪生吩咐助手把灯泡里的空气抽掉，并将灯泡安在灯座上。大家目不转睛地盯着那只灯泡。接通电源后，灯泡发出金灿灿的光芒，把整个实验室照得通亮。这只灯泡持续工作了45个小时后，灯丝被烧断了。

爱迪生没有就此止步，他认为灯丝的使用寿命只有45个小时确实是太短了。他又经过一年多时间的不懈努力，试用了6000多种材料，进行了7000多次实验，终于有了突破性的进展——日本的碳化竹丝经久耐用，可持续发光1200个小时。随后他将这款灯泡大量投产，很快在美国得到了普遍使用。这以后，爱迪生仍不断改进技术，最终确定以钨丝作为灯丝，称之为“钨丝灯”，并使用至今，爱迪生也由此成为公认的电灯发明者。

正是因为爱迪生遇到困难不放弃、迎难而上、成就自我的精神，才使他获得了“发明大王”的荣誉称号。曾有一位记者问他：“爱迪生先生，您目前的发明曾经失败过一万次，您对此有何感想？”

爱迪生回答说：“年轻人，因为你的人生旅程才刚起步，所以我告诉你一个对你未来甚有帮助的启示：我并没有失败过一万次，只是发现了一万种行不通的方法。”

爱迪生发明电灯的经历告诉我们：从来没有一种成功能够轻易获取，失败是人生的常态，没有人能把事情做得尽善尽美。

要想培养孩子持之以恒的动力，父母除了鼓励孩子学会坚持外，还要有足够的耐心去引导与陪伴。父母的耐心可以为孩子示范正确的行为和态度，帮助孩子解决问题和发展决策能力，培养孩子的情绪管理和自控力。

一般来说，有耐心的父母可以做到三点：一是认识和预判孩子在成长过程中会碰到的各种困难和挫折。二是从孩子的角度，设身处地地理解孩子的需求和感受。三是管理好自己的情绪，避免急躁和冲动，以更理性、温和的方式与孩子进行沟通。

6

CHAPTER

父母的自我觉醒：培养孩子的认知力

你的家里，藏着孩子 20 年后的样子

孩子的“个性”重于“共性”

心动还要有行动

孩子天生就是个探险家

让责任感在孩子心里扎根

孩子的梦想，值得被看见

培养创造力，从守护孩子的好奇心开始

少否定，多鼓励

跳出限制孩子特立独行的怪圈

乐观孩子的背后，往往站着开明的父母

你的家里，藏着孩子 20 年后的样子

瑞典教育家爱伦·凯指出：环境对一个人的成长起着非常重要的作用，良好的环境是孩子形成正确思想和优秀人格的基础。环境包括几个方面：家庭环境、学校环境、社会环境。其中，家庭环境是影响孩子成长的至关重要的因素。因为孩子从出生开始，最先接触的人是父母，最先生活的环境是家庭，家庭与一个人一生的成长有着密不可分的关系。良好的家庭环境，有利于孩子良好精神品质的形成。

200 年前，美国康涅狄格州有一位集哲学家、道德学家和神学家于一身的学者，他就是嘉纳塞·爱德华。他的八代子孙共有 600 多人，其中有 13 人成了大学校长，100 多人当了大学教授，20 多人担任上下两院的议员，14 人组织创建了大学或专科学校，80 多人成了文学家，1 人做了大使，1 人就任副总统，还有 18 人是报社、杂志社的负责人或者主编。

巧合的是，同样是在 200 年前，美国纽约有一个酒鬼兼赌徒叫马克斯·朱克，如今他的子孙也已繁衍了 8 代，其中有 63 人因偷盗、诈骗等被判刑，100 多人成了乞丐和流浪者，7 人因为杀人被判处死刑，还有很多人因喝酒死亡或成为残废。

这两个鲜明的例子令人深思，它诠释了家庭环境对孩子成长的重要性。学者的后代多数是有用之才，酒鬼的后代大多对社会造成危害，导致这种差别的原因可能有遗传基因的作用，但最重要的是两者的家庭教育环境有着天壤之别。生活在书香世家，会有一种浓郁的学习氛围，加上父母的言传身教，孩子的思维方式和习惯在很大程度上会潜移默化地受到影响。而酒鬼、赌徒生活散漫，又穷又懒，这种不良作风会影响到孩子，使孩子整天生活在吵嚷、暴力或者冷漠、绝望这样充满思想毒素的气氛中，又怎么能够上进呢！

儿童在适应家庭环境的过程中，常以家长为最直接、最亲近的模仿对象，所以，家庭环境的好坏直接影响到儿童心理和行为的健康水平。良好的家庭环境，能够促使孩子养成开朗大方、诚实好学等优秀品行；不良的家庭环境，则导致孩子形成懒惰放任、言语粗俗等不良品行。

家庭可谓“人类性格的工厂”，家庭教育的主要特征是言传身教、潜移默化。孩子的模仿性、可塑性强，所以，父母的一举一动、一言一行都在无形中对孩子产生影响。孩子的行为举止、说话的语调、走路的姿态、性格和品德等，都会带有父母的影子。

为了影响和塑造孩子的性格，父母可从以下几方面来营造一个良好的家庭环境：

1. 创造民主的家庭氛围

良好的家庭关系应建立在两代人平等相处、相互尊重的基础上。作为父母，应该尊重孩子的人格、意见和行为，不能滥施威严，凌驾于孩子之上。同样，作为孩子，要积极表达自己的意见，在一定程度上参与家庭的决策。父母应该尽量体现民主、平等、宽容的风度和气质，以促进孩子个性的全面发展。

2. 创造互相关爱的家庭氛围

家庭是爱的第一课堂。父母作为孩子的第一任老师，应该通过自己的行为向孩子示范如何表达爱、如何关爱他人，比如对配偶的关心体贴，对孩子耐心教导和爱护，向家人的关爱与付出表示感激、给予小惊喜，等等。

尤其需要注意的是，很多家长对孩子投入了很多很多的爱，却忽视了夫妻间的感情交流，缺少体谅和关怀，缺少柔情蜜意。其实，如果能让孩子感受到父母之间的爱，对其健康成长是非常有利的，如此，孩子就会明白幸福不是彼此冷漠，或者被动地接受别人的关爱，只有互相关爱才是真正的幸福，这种氛围有助于孩子形成正确的幸福观。

另外，孩子对于父母的关爱，也是爱的传递链上不可或缺的一环。要想创造相互关爱的家庭氛围，父母应积极引导孩子以言语和行动来表达自己对父母的爱。

当爱在家庭中如同一股温暖的细流，不断地在家庭成员之间流淌时，就可以构建一个充满爱与关怀的家庭氛围，成为孩子健康成长、性格塑造的重要环境。

孩子的“个性”重于“共性”

古希腊的一位哲学家说过：世界上没有两片完全相同的树叶。的确，世间万物各有特点，即便是同一棵树上的两片树叶，其形状、颜色、大小、筋脉也会有所不同。树叶如此，人也亦然。

不同的孩子，有着不同的学习风格和学习能力，在这种情况下，因材施教，对孩子进行个性化教育就显得非常重要。在确定孩子的教育方法之前，父母应该先了解孩子的个性，具体问题具体分析，有针对性地培养孩子良好的学习习惯，使孩子发挥其独特的学习优势。

小明对天文学有着浓厚的兴趣，而他所在的学校大多数孩子对体育更擅长。小明的父母注意到了他的兴趣，决定支持他追求自己的爱好，而不是强迫他参与更受欢迎的体育活动。

小明的父母为他购买了天文学书籍和望远镜，还帮他报名参加了当地的天文俱乐部。父母甚至和他一起参加天文观测活动，让他感受到家庭的支持和参与。尽管小明在体育方面不是那么出色，但父母并没有因此批评他，而是尊重他的选择，让他知道每个人都有自己的长处和兴趣。由于父母的支持，小明变得越来越自信，在生活和学习中也表现出积极的态度。

通过这种方式，小明的父母不仅培养了他作为一个独立个体的个性，还帮助他发展了自我认同感和自尊心。

案例中小明父母采取的教育方法，强调了个性的重要性，并鼓励孩子追求自己的兴趣，而不是随波逐流，去追求与大多数人相同的兴趣。

为了促进孩子健康、个性化的发展，父母应该考虑按照孩子的个性来进行培养。比如安静的孩子，往往拥有敏锐的观察力和较好的专注力，所以，他有足够的兴趣一连几个小时快乐地摆弄拼图之类的玩具。这类孩子往往乐于探索和寻找事物之间的联系，所以，父母可以着重培养他严谨和认真的个性，让他参加围棋、数学或科学实验等兴趣班。平时，如果孩子提出一些问题，应尽可能给出一个科学的、合情合理的答案。

又如活泼好动的孩子，通常有着无穷的精力和好奇心，喜欢与他人交流及参加各种各样的活动，父母可以提供丰富多样的学习机会和探索环境，鼓励孩子参加团体活动或创造性的游戏，培养其合作精神和领导能力。

很显然，个性会影响孩子对客观事物的认识体会、行为模式，进而影响人生的发展。因此，父母要耐心倾听孩子的声音，观察其喜好和需求，依据孩子的个性实行个性化教育，并根据实际情况做出灵活的调整。以下是需要注意的事项：

1. 真正地了解孩子

很多父母认为，只有学习成绩好的孩子将来才有出息。但是，如果孩子的学习成绩始终不出色却一味强迫孩子学习，结果也不会如愿。所以，在日常生活中，父母应该深入观察孩子，善于发现孩子的兴趣和天赋，培养孩子学业之外的能力，这样也能为孩子未来的成功奠定基础。

2. 尊重孩子的身心发育规律

在孩子的成长过程中，应该让孩子置身于水平相当的学习环境中，这样不仅能激发孩子的竞争意识，还能避免孩子因为同伴过于优秀而产生失落感。如果对孩子太过严苛，强逼着孩子去完成超出其自身能力范围的事情，将严重打击孩子的自信心，使其对学习产生畏惧心理。

心动还要有行动

儿童心理学家皮亚杰说：“儿童的思维是从动作开始的，切断动作与思维的联系，思维就不能得到发展。”

教育家苏霍姆林斯基说：“幼儿的智慧在他的手指尖上。”

常言道，“眼看千遍不如手过一遍”，道出了动手操作的重要性。手是人重要的感觉器官，动手能力和聪明程度有着很大的关系。通过手的活动，可以促使大脑积极活动，促进大脑的发育，使孩子更加机智聪明、心灵手巧。许多发明家、科学家都是通过艰苦的实践走上成功之路的。

爱迪生一生都在不停地动手实验。在火车上，吸烟室是他的实验室；当电报员时，值班室成了他的实验室；在家里，地窖又成了他的实验室。通过一次次的动手实验，他把设想变成了现实。

牛顿小时候对手工有着浓厚的兴趣，小四轮、水车、风车、水钟等都做得有模有样。他从小就表现出来的超强的动手能力，使他在日后的实验研究工作中受益匪浅。

斯蒂芬逊从最初的擦洗机器到制作模型，再加上推理想象，最终设计出第一台蒸汽机车。

由此可以看出，只有从小培养孩子的动手能力，才能为孩子将来成为创造型人才打下坚实的基础。

不过，在现代的中国家庭，孩子动手的机会却越来越少。孩子小的时候，父母出于保护心理或怕孩子把事情搞砸，什么都不让孩子做；孩子大了，忙于功课，也没时间锻炼动手能力，于是，孩子失去了一次次动手的机会。从表面上看，父母这种过度保护的行为是对孩子的关爱，实际上却剥夺了孩子锻炼的机会，造成孩子能力低下、性格怯懦，身心发展也受到阻碍。为此，父母要注重从小培养孩子的动手能力，切不可大包大揽，事事包办、代替。可以让孩子经常做一些动手又动脑的力所能及的事情，以促进其智力、能力、体力，以及情绪、性格等方面的发展。具体来说可以这样做：

1. 大胆放手让孩子锻炼

培养孩子的动手能力，父母首先应该转变态度，不要对孩子束缚过多，而要大胆放手，让孩子自主活动。千万不要因为担心孩子把家里弄得很乱而限制孩子动手制作东西或玩操作性游戏，这很不利于培养孩子的动手能力。

正确的做法是活动前给孩子提要求，而不是去限制他。比如孩子玩拼插玩具时，要求他玩完后，收拾好玩具放回原处；玩剪纸时，

要求他事后清扫干净。这样既满足了孩子动手的需要，又培养了孩子有条理、爱干净的良好习惯。

2. 给孩子准备一个工具箱

可以给孩子准备一个装有尺子、小螺丝刀、小剪刀、针线等的工具箱，让孩子修理自己的旧玩具。这样不仅可以培养孩子的动手能力，帮助其掌握技能，而且可以让孩子体会到劳动的价值和辛苦，培养其勤俭节约的意识。

孩子天生就是个探险家

一位教育学家说过："孩子天生就是个探险家。"孩子出生后便开始了对这个世界的探索，他们对未知的事物充满好奇，渴望在探索中发现奇迹。但在生活中，父母出于种种担心，总是有意无意地限制孩子的探索行为，比如担心孩子有危险、担心孩子弄脏衣物、担心孩子弄坏东西等。可是，孩子需要在探索中了解世界、认识世界，通过探索获取进步，父母的担心可以理解，却不利于孩子的发展。

著名教育家陶行知曾经遇到过这样一件事：一位母亲对他抱怨说，她的儿子非常淘气，拆了她一块贵重的手表，为此她把儿子打了一顿。陶行知当即说："可惜呀，中国的爱迪生让你给枪毙了。"陶行知的话道出了在家庭教育中，父母是怎样无意识地扼杀孩子可贵的好奇心，影响孩子创造力的形成的。

研究发现，手指活动灵巧的孩子，大脑的思维活动往往非常活跃。在手工活动中，孩子进行的拆装、连接、装配等一系列动作，都要通过听、视、触等感觉系统传入大脑的运动区，再由大脑的运动区发出指令，不断调整手的动作，这样反复循环刺激，能使脑细胞的功能得到加强，思维水平得以提高。因此，孩子在自己感兴趣的手工活动中，智能也会得到发展。

为了充分发挥手工活动对孩子智能发展的好处，父母可以为孩子准备专门的衣服、擦手的小毛巾。至于孩子使用剪刀、针等危险工具，父母可以先进行指导，以后再逐步让孩子独立使用。这样既可以杜绝安全隐患，还可以训练孩子心、眼、手的协调性和灵活性。实际上，在一些探索活动中，只要注意培养孩子的一些好习惯，便可以事半功倍。千万不要因小失大，使孩子失去锻炼的机会。

小洪特别喜欢动手做一些小实验，他经常会把一些旧玩具上的零件拆下来，然后重新利用，赋予这些玩具新的生命。客厅里到处都是被他拆得七零八碎的旧玩具。妈妈对小洪的这种行为不仅不反对，还经常鼓励他勤动脑，多动手。

一天，妈妈下班回家，发现楼道里的感应灯坏了，漆黑一片。恰好小洪这几天正在做电灯泡通电的实验，于是，妈妈叫小洪看看能不能想想办法。一根电线、两节电池、一只从坏掉的手电筒里取下的小灯泡，正负极一连接，小洪很快就使漆黑的楼道重新亮了起来。

父母对孩子的破坏行为感到头疼，往往是出于对物品的爱惜。但父母越是阻止，孩子越想破坏。所以，不妨对孩子的破坏行为加以引导，比如鼓励他把东西重新装好，或者坐下来与他一起探索和组装，让令人头疼的破坏活动变成有意义的实验活动。对于特别贵重或心爱的物品，可以提前告诉孩子不要去破坏它们。对电器类物品也要对孩子说明日常生活中的安全隐患。一些结构精密的物件应该保存好，并设定不可触碰的界限。

对于特别喜欢动手的孩子，可以提供一些安全、价值不高的小物品让他拆卸，满足孩子的探索欲望。如果父母有兴趣，还可以和孩子一起体验动手的乐趣，探索机械的原理，跟孩子一起在动手中成长。

总之，对待孩子的动手行为，父母要因势利导，采取积极的态度和方法使“破坏王”变成“工程师”，帮助孩子改掉只拆不装的习惯，让他学会废物利用，变废为宝，体验组装和发明的乐趣。这样不但能促进孩子的成长，提高其思维能力和创造力，激发其探索精神，还能培养孩子的责任心和认真做事的态度。

让责任感在孩子心里扎根

托尔斯泰曾说："一个人若没有热情，将一事无成，而热情的基点正是责任心。"责任感是一种敢于担当、有所作为、勇于负责的精神。一个有责任感的人，无论责任大小都不会推卸，因为他将承担责任视作一种积极的人生态度。当一个孩子具有很强的责任感时，他的自我管理能力会更强，做事的自觉性也会更高。

一个11岁的美国男孩踢足球时，不小心打碎了邻居家的玻璃。邻居向他索赔13美元。当时13美元足以买下125只生蛋的母鸡，是一笔不小的数目。闯下大祸的男孩向父亲承认错误，父亲让他对自己的过失负责。男孩一脸为难，父亲对他说："这笔钱我可以先借给你，还款期限为一年。"这以后，男孩经常利用周末的空闲时间到附近的农场打工，用了大半年时间，终于还清了这笔债务。这个男孩后来成为了政界的风云人物，他在回忆录里写道："通过自己的努力来承担过失，使我懂得了什么是责任。"

责任感的培养有助于孩子形成良好的决策习惯，并为其未来的成功奠定基础。那么，如何培养孩子的责任感呢？

一是让孩子学会自理，孩子只有把自己的事情处理妥当了，才能建立责任感。比如在学习上独立完成学习任务，包括检查作业、收拾文具、整理书包等，在生活中自己收拾房间，整理床铺、玩具、衣服等，从而学会自我管理和对自己的所有事情负起责任来。

二是让孩子对家庭负责。现在有些家长什么事都不让孩子做，只要求孩子认真学习，这对培养孩子的责任感十分不利。当孩子到了一定的年龄，能够承担一些家务时，父母就应该分派一些任务给他。要让孩子知道，他作为家庭中的一员，和父母一样有责任和义务分担家庭事务，这样能培养他对家庭、对亲人的爱和责任感。

三是让孩子学会对自己的团体负责。上学后，在班级里有值日小组、学习小组，在学校有球队、武术队、合唱团等，父母应该告诉孩子，在团队中要主动多做一些事情，帮助其他伙伴，尤其是关心照顾弱小的伙伴。孩子有了责任感，才有可能成为团队的领导人物，跟其他伙伴相处得更加融洽。

四是培养孩子的社会责任感。孩子迟早要步入社会，而且只有融入社会，才有机会取得成就。父母要让孩子从小遵守社会公德，比如不要乱扔垃圾，不要在公众场所大声喧哗等，鼓励孩子参加各种志愿工作、募捐活动，培养孩子对社会的责任意识。

行为主义心理学认为，孩子的行为总是被后果所强化。当孩子经常从一种行为中得到积极的情感体验，就更有可能将这种行为倾向固化下来，形成品质或习惯。责任感的培养也是如此，在孩子展现出负责任的行为后，父母适时地给予表扬和鼓励，有利于调动孩子承担责任的积极性。

孩子的梦想，值得被看见

每个孩子都会有自己的梦想，这些梦想可能天马行空，也可能经常发生变化。这就使有些父母认为孩子的梦想荒诞不经、不切实际，没有给予足够的关注和重视，甚至对孩子的梦想进行无情的贬低和打击。其实，孩子自己对梦想往往是非常执着的，即使是长大以后，经历了许多风风雨雨，他们还会记得自己当初的那个梦想。

孩子的梦想就是他生活的动力和希望，也许有些孩子的梦想看似微不足道，但也值得被尊重、鼓励与支持。

有个小男孩考试得了第一名，老师把一本《世界地图》奖励给他。他特别高兴，放学就跑回家开始研究这本《世界地图》。他边烧洗澡水，边在炉边看地图，当他看到地图上的埃及时，心中突然产生了一个念头——去埃及。他想象着埃及的一切：埃及艳后、尼罗河、金字塔、法老王，还有很多神秘的东西……他沉浸于自己的想象之中，结果忘记了添柴。他正入神的时候，浴室里突然闪出一个人影，对他大声喊道："你在干什么？"他抬头一看，是爸爸。他兴奋地说："我在看地图！"爸爸生气地说："看什么地图，炉火都灭了！"小男孩委屈地说："我在看埃及的地图。"爸爸大声呵斥道："赶快去生火！看地图能生火吗？"

小男孩仍然倔强地说：“我就是要去埃及！”爸爸一气之下把地图扔进了火炉里，然后很严肃地对他说：“你这辈子都不可能到那么遥远的地方去，我跟你保证！赶快生火。”小男孩呆住了，看着爸爸异常严峻的脸，他想：“我这一生真的不可能去埃及吗？爸爸怎么能给我这么奇怪的保证？”不，长大以后我一定要去埃及！小男孩暗自下定了决心。

20年后，当年的小男孩长大了，第一次出国他就选择了去埃及，朋友们都问他：“埃及的生活条件不好，也没有开放观光，你为什么要去那里？”他郑重其事地说：“我不愿我的生命被保证。”当他站在埃及的土地上，看到那一座座金字塔的时候，脑海里立刻回想起20年前的地图和父亲的训斥，于是买了张明信片寄给爸爸。他在明信片上写道：“亲爱的爸爸，还记得我小时候，你将地图扔进火炉并保证我不可能到埃及来吗？我现在就坐在埃及给你写信。”

由此我们可以发现：没有人能够预知一个人的未来，一个人的梦想不需要别人的保证，父母应该对孩子的梦想给予充分的支持与鼓励。

梦想对孩子的成长具有巨大的指引和激励作用，它可以转化为信念、追求，可以转化为人生目标，成为催人奋进的力量。没有梦想的孩子缺少指引未来的灯塔。因此，父母要悉心保护孩子的梦想，并因势利导，结合现实情况，引导孩子把梦想转化为切实可行的目标。

1. 精心培养孩子的“梦想之苗”

对孩子的梦想，父母不理不睬或者拔苗助长的做法都是错误的，可能会阻碍孩子树立坚定的理想。正确的做法是鼓励孩子树立理想，并为理想而努力。父母要从实际出发，分析孩子的性格、兴趣、能力等各方面，引导孩子明确自己的想法，并指导他如何实现理想。总之，对孩子的理想之苗，要逐步培养扶持，细心浇灌滋润。

2. 尊重孩子的梦想，并给孩子最后的决定权

对孩子梦想真正的支持，应该建立在对孩子的充分理解和尊重的基础之上，充分考虑孩子的心理状态和接受能力，进行适当的启发和引导，不要说教、命令或提条件。即使孩子的梦想与父母的意愿有很大偏差，也要以平和的态度与孩子沟通。通过充分的商量和探讨，让孩子充分了解父母的想法，使孩子的想法逐步成熟，最后把决定权交给孩子。

3. 对孩子的要求要合理

在尊重孩子的梦想和追求的时候，父母还要注意不要在孩子树立理想初期就给其过多的压力和警示，否则会打击孩子的积极性，使孩子轻易放弃自己的梦想。

4. 给孩子树立好榜样

父母可以通过追求自己的职业目标、生活梦想来展示对梦想的执着。孩子看到父母不畏艰难、勇于追求奋斗目标，也会受到鼓舞并积极追求自己的梦想。

培养创造力，从守护孩子的好奇心开始

一位科学家说，科学始于好奇和不可遏制的求知欲望。好奇心对孩子同样重要，孩子对于世界的认识就是从好奇开始的，好奇心是孩子所有兴趣的起源，也是孩子探索知识的无限动力。

好奇心强的孩子往往比较活跃，对身边的很多事物都想要一探究竟。有些家长看到孩子好奇心过重，喜欢碰碰这个，摸摸那个，不免产生担忧，甚至认为孩子太调皮，于是想办法阻挠孩子的一切行为，试图把孩子带回正常的“轨道”，希望孩子听话一些。

亮亮今年6岁，聪明伶俐，求知欲极强，对所有事物都怀有强烈的好奇心。一个星期天的早晨，亮亮自己在客厅里玩耍，爸爸在书房看报纸，妈妈在厨房做早餐。无聊之际，亮亮的目光突然转到了一个会说话的洋娃娃身上，他想知道洋娃娃身上有什么奥秘，于是，他迅速地拆开了洋娃娃，结果再也装不回去了。这时，妈妈恰好从厨房走出来，看见昨天刚买的玩具被亮亮大卸八块，十分生气地说：“你太顽皮了！这可是爸爸送给你的生日礼物，今天就成这样了，等会儿看爸爸怎么教训你。”

儿童为什么那么喜欢拆自己的玩具呢？他们是天生的破坏者

吗？意大利著名教育家蒙台梭利说：“这是因为他想知道这件东西的构造，他在寻找玩具里面是否有有趣的东西，因为从外观上玩具没有一点使他感兴趣的地方。”这就告诉了我们，孩子之所以喜欢拆卸玩具，是因为他们对未知领域感到十分新奇，有强烈的探究问题的欲望。传统的父母见到孩子拆分玩具，第一反应往往是批评、呵斥，甚至打骂孩子，但这种行为严重地扼杀了孩子探索未知世界的信心，当孩子的好奇心逐渐受挫，就会渐渐地失去与生俱来的创造力，变得循规蹈矩。

好奇心是孩子进步的原动力，父母应该保护好孩子的好奇心，在求知的路上鼓励他们，以便他们能更好地获取知识。所以，父母要试着去接纳孩子好奇的举动，满足孩子的探索欲望。好奇心强的孩子，往往也是爱学习、肯思考的孩子。孩子好奇心强，不仅不能阻止，还要千方百计地保护好。

那么，父母应该如何呵护孩子的好奇心呢？下面提出几点建议：

1. 鼓励孩子对周围环境的探索

有关专家认为，孩子在婴幼儿时期探索周围环境时，如果受到阻拦或是挫折，会对孩子产生负面影响，限制他们的学习热情，以致长大后过于顺从，所以，父母要支持孩子的种种探索行为。当孩子取得进步或成果时，要及时给予肯定和表扬；当孩子遇到困难或挫折时，要给予鼓励和帮助。

2. 鼓励孩子提出问题

孩子天生就有好奇心，心里有着十万个为什么。父母不能对孩子的问题感到不耐烦或者敷衍了事，而要认真对待，积极回应，比如和孩子一起查找资料，引导孩子观察和实践，或者做一些简单的实验，帮助孩子找到答案。

3. 因材施教，寻找激发孩子好奇心的方法

有的孩子比较内敛，倾向于隐藏自己的好奇心，为了释放孩子的天性，父母可以带孩子去他们喜欢的地方，比如图书馆、动物园、博物馆、游乐园、美术馆等，在多样化的环境中，孩子可以自由地探索和发掘，不断拓宽自己的视野和知识面。

孩子的好奇心是他们认识世界、创造世界的精神动力，也是他们成长的第一步，值得每位家长去珍惜。好动也是孩子的天性，如果父母为了预防危险，处处干涉孩子的行为，限制孩子的自由，这种做法不仅会使孩子的智力发育被禁锢，还会使孩子个性的发展被束缚。

所以，当孩子对新事物表现出好奇心时，父母应该加以引导，尽量让孩子自主探索发现，这样才能保护孩子的好奇心。

少否定，多鼓励

生活中，不少家长习惯将自己的孩子与其他孩子进行比较，有时甚至拿自己孩子的短处和其他孩子的长处进行比较，结果就是怀疑自己的孩子在智力或其他方面不如别人家的孩子。

叶圣陶说："如果一味地强调孩子的弱点，那么这个弱点就将伴随孩子的一生。"这就是心理上的自我暗示，人的自我意识会控制人的行为、感情、才能，你把自己想象成什么类型的人，你就会按照那种人的行为处世方法做事。所以父母要避免对孩子进行负面的心理暗示，以免孩子自我设限，变得缺乏自信和勇气。

有的父母认为有压力才有动力，所以喜欢说一些"反话"去激励孩子。比如，想让孩子更加细心，就说孩子很粗心；想让孩子变聪明，就刺激孩子说孩子很笨；想让孩子变勇敢，就说孩子胆小；希望孩子进步快，就唠叨说孩子进步慢。

在这种父母眼中，"优点不说少不了，缺点不说不得了"，殊不知，这样做不仅伤害了孩子的自尊心，还强化了孩子的缺点。正确的做法是，"优点不说不得了，缺点少说逐渐少"，多夸奖孩子，减少对孩子缺点的强调，给孩子多一点信心。

尤其是青春期的孩子，更需要得到父母的鼓励。他们正处于自我认同的探索阶段，虽然发现了一个独立的自我，但又对自己的未来很茫然，内心极度渴望独立和展示自己，但又缺乏处理复杂情境的能力，这个时期的孩子内心矛盾，情绪不稳定，这时，父母的鼓励和正面信息的传递，会使孩子感受到家庭的温暖，得到情感上的慰藉，使其身心朝着健康的方向发展。

有一个学习成绩差的学生，想去某学校上学，于是向该校长求情。

校长问他："你经济学好吗？"孩子摇摇头。"数学怎么样？"孩子仍然摇头。"那化学、物理呢？"孩子低下了头。

校长看着眼前这个自卑的男孩，非常无奈地说："那你把名字留下来吧。"

孩子写下了自己的名字，羞愧地正想要离开，却被校长叫住了："孩子，太棒了，你的字相当漂亮，这是相当大的优点！"

被表扬后的孩子非常开心，自己也感觉这个优点很棒，于是，孩子有了足够的信心，同时这个优点也在孩子的心中逐渐被放大，后来他写出了许多名震天下的作品。这个男孩就是法国著名作家大仲马。

毫无疑问，否定会给孩子带来挫败感，甚至摧毁他的自信，让他失去进取心，失去探索的欲望；而鼓励可以增强孩子的自信，激发孩子的兴趣爱好，成为孩子不断奋发向上的动力源泉。所以，不要轻易地否定孩子，我们需要正面的教育，多关注孩子的优点，给孩子表扬和鼓励。正如植物必须每天浇水才能生存一样，每个孩子都需要不断的鼓励才能获得自信、勇气和上进心。

那么，在日常生活中，父母应该如何鼓励孩子呢？

1. 对孩子审慎评价

孩子的自信心很大程度上源于父母的积极评价和鼓励。为了让孩子树立一个积极正面的自我形象，父母要谨慎地表达对孩子的评价，避免给孩子贴上负面标签。比如，孩子做错了一道数学题，不要说“你怎么这么笨，这么简单的题都不会”，而是说：“这道题你有些地方理解有偏差，我们一起来看看吧。”这样的表达方式不会伤害孩子的自尊心，可以帮助他更好地改正错误。

2. 表达对孩子的信任

“相信”是最好的教育，足以让奇迹发生。“你是这个地球上最聪明的孩子！”“我不允许你们这么说他，我儿子一点也不笨！”“他会是这个学校最出色的孩子！”这是电影《银河补习班》中父亲马皓文对儿子的评价。当父母向孩子传递信任和鼓励时，孩子会更有动力主动地做好自己的事情。当孩子因为能力不足而做得不好的时候，父母可以试着这样说：“你已经很努力了，我相信你坚持一下就能做到。”这样的鼓励会让孩子鼓起劲来，更加积极地面对困难，探索未知。

跳出限制孩子特立独行的怪圈

在现实生活中，我们总会听到这类感叹：“我家孩子真是太笨了，一点特长也没有。”其实，每个孩子都有其独特的才能。

例如，20世纪90年代初，在魔方颇为流行时，有一位意大利籍的弱智孩子，能在26秒内将魔方转成六面同色，显示出不同寻常的智慧；曾到中国访问的一级残障者肯尼，虽然行动不便，但却能溜滑板及骑摩托车；爱迪生，这位曾被认为IQ为零的孩子，最后成为举世闻名的大发明家。

这些事例都说明了一个事实：每个孩子都拥有自己独特的天赋，只要父母能够发掘孩子某方面的优势，并鼓励孩子往这方面发展，他们便将大有可为。一个孩子可能在学业上并不突出，但却具有音乐天分，这时父母若能够支持和鼓励他学习音乐，他就有可能在音乐方面出人头地；一个孩子可能不擅长绘画，但却喜欢动手拆装各种东西，父母就应该鼓励他学习相关技能，而不是强迫他必须学好画画。

居里夫人有两个女儿：伊蕾娜•居里和艾芙•居里。居里夫人的家教观是：发掘女儿某种天赋领域的创造力，而不是死记硬背考试的知识。

早在女儿们牙牙学语时，居里夫人就开始对她们的某种天赋进行发掘，她在笔记本上写道：“伊蕾娜在数学上聪颖，艾芙在音乐上早慧。”女儿们刚上小学，居里夫人就让她们每天放学后在家里再参加一个小时的智力活动，以便进一步发掘她们的天赋才能。女儿们进入塞维尼埃中学后，居里夫人让她们每天补习一节“特殊教育课”：或由让·佩韩教化学，或由保罗·郎之万教数学，或由沙瓦纳夫教文学和历史，或由雕刻家马柯鲁教雕塑和绘画，或由穆勒教授教外语和自然科学。

每个星期四下午，居里夫人亲自教两个女儿物理学。经过两年的特殊教育后，居里夫人认为伊蕾娜性格文静、专注，迷恋化学并立志要当科学家研究镭，这些正是科学家所具备的素质。而艾芙生性活泼，充满梦幻，居里夫人便让她先学医，再引导她研究镭，又激励她从事自然科学，可艾芙对科学完全不感兴趣。经过多次观察，居里夫人才发现艾芙的天赋是文艺。

这种不断发掘孩子天赋的家教观念，使居里夫人通过成功的家教使女儿伊蕾娜·居里因“新放射性元素的合成”而获得1939年诺贝尔化学奖，也使艾芙·居里成为一位优秀的音乐教育家和传记文学作家。

从居里夫人对女儿们的教育，我们不难发现，虽然孩子的天赋与生俱来，但还需要家长及时发现，适时挖掘。

要做到及时发现孩子的天赋，并将其最大限度地挖掘出来，下面几个办法值得父母们借鉴：

1. 了解孩子的性格特点与特长

父母平时要多陪伴孩子，注意观察孩子，了解孩子的性格特点与特长。如果孩子在哪一方面比同龄孩子表现要好，可能这一方面就是其天赋所在。比如，孩子学习语言比同龄人要快，那么孩子可能具有一定的语言天赋；孩子身体平衡能力和协调能力强，那么孩子可能具有一定的运动天赋。

2. 因材施教

世界上没有两片完全相同的树叶，也不会有两个完全相同的孩子。每个孩子都有自身的特点。在发现孩子具有某些方面的天赋后，父母就可以创造条件给予孩子个性化的教育和培养，因材施教，最大限度地挖掘孩子的潜能，让孩子得到更好的发展。

3. 鼓励孩子自由探索、勇敢尝试

在充满尊重与信任的环境中，孩子会感到自由而快乐，能够自由探索、大胆尝试。在孩子对某项活动表现出兴趣时，父母不要急于下结论或强加自己的看法，而是鼓励孩子去尝试和探索，这样可以帮助孩子发现自己的兴趣和潜能，并且激发其创造力。

乐观孩子的背后，往往站着开明的父母

活泼开朗的性格是乐观主义的表现，是积极向上、充满朝气的心理品质的体现。一个性格活泼开朗的孩子，往往对自己的能力充满信心，能够轻松地与周围的人友好相处，积极参加各种活动，对新鲜事物有着强烈的探索和挑战的欲望，这些对孩子的身心健康发展是极为有利的。

瑞东是独生子，从小生活在自由的天地里。每次放学后，他会和小伙伴们一起在小区花园里做游戏。因此，他一直生活在阳光的世界里，不懂得什么是孤独、寂寞——他有太多朋友了，有邻居家的小女孩琪琪，有住在同一个小区的豆豆……

“瑞东，为什么你每天都那么开心呢？”邻居和客人们经常这样问他。瑞东开朗活泼的性格、阳光灿烂的笑容总能感染周围的人，把沉闷的气氛变得活跃起来。也正是开朗的性格成就了瑞东，使他获得了在学校舞台剧里扮演哈利·波特的机会，并因此得到了老师和同学们的一致好评。

心理学研究认为，孩子的性格一半来自遗传，一半来自后天抚养，包括孩子所处的生活环境、家庭氛围、教养方式。从孩子出生到成年，

性格会有变化，也会有固化，甚至会有重塑的可能。因此，在孩子成长的道路上，父母不仅要用自身良好的性格去影响孩子，还要让孩子与外界的人和事多接触，这样对培养孩子的好性格大有益处，也有利于孩子的成长、成功。

要想让孩子变得开朗活泼一些，父母可以这样做：

1. 教会孩子与他人融洽相处

父母应鼓励孩子接触不同年龄、性格、职业、性别和社会地位的人，让他们学会与不同类型的人和谐相处。当然，孩子首先应该学会跟父母和自己的兄弟姐妹、亲戚朋友融洽相处。父母也要做到与他人融洽相处、热情真诚，不势利卑下，不在背后议论别人，给孩子树立一个好榜样。

2. 不要对孩子控制过严

在教育孩子的过程中，父母对孩子既不能听之任之、不加管教，也不能控制过严，以免压制孩子的自然天性和创造力。对此，不妨给予孩子适当的选择权。只有从小就拥有选择权的孩子，才能真正感到快乐和自在。

3. 帮助孩子树立自信

自信对培养孩子快乐的性格十分重要，所以，对于因智力或能力不足而感到自卑的孩子，父母要善于发现并发掘他的长处，适时给予表扬和鼓励，这种正面肯定会给孩子带来无限的动力，有助于孩子克服自卑、树立自信。

4. 培养孩子广泛的爱好

一个孩子如果有多种爱好，就更有可能找到长久的快乐。父母要鼓励孩子探索不同的活动和兴趣，这样即使他们无法进行某一项活动，也能在其他领域找到乐趣。

5. 引导孩子摆脱困境

不善交际的孩子往往性格内向、抑郁，时常会感到孤独，享受不到友情的温暖。父母要鼓励和帮助孩子多交朋友，特别是性格活泼、乐观开朗的同龄朋友。

当然，即便是天性乐观的人也不可能事事称心如意，永远快乐。父母最好从孩子小时候就着意培养他们应对困境、逆境的能力。如果孩子一时无法摆脱困境，可以引导孩子学会忍耐，或在逆境中寻求其他方式来缓解压力，如参加运动、游戏、聊天等。

6. 营造快乐的家庭气氛

家庭的气氛，家庭成员之间的关系，在很大程度上会影响孩子性格的形成。研究表明，孩子在牙牙学语之前就能感受到周围的情绪和氛围，尽管他当时还不能用语言来表达。不难想象，一个充满敌意甚至暴力的家庭，绝对培养不出开朗乐观的孩子。因此，父母要努力为孩子营造一个快乐和谐的家庭氛围。

7 CHAPTER

帮助孩子养成坚柔兼具的耐挫力

从“我不敢”到“我能行”的蜕变

别把好胜心当成进取心

让自卑的孩子走出自我否定

懂规矩的孩子更受欢迎

孩子的言行举止要有边界

做不妥协不迁就的父母

成长比成才更重要

分享是最高级的拥有

孩子“撒泼”，父母要温柔而坚定

给予孩子顶嘴的权利

从“我不敢”到“我能行”的蜕变

在灌木丛中跳跃觅食的鸟雀，永远无法知道展翅翱翔的雄鹰为什么不畏艰险地搏击长空；缺乏冒险精神的人，也永远无法体会到追寻成功之人的豪情壮志。

虽然冒险和安全看似矛盾，但家长也不能只顾安全而放弃所有的冒险，应对孩子多一些宽容，少一些挑剔，在家长的监护下让孩子多参与一些可行的冒险性活动，从而培养孩子敢想、敢做、敢创造的精神。否则，孩子容易产生“我不会”“我不敢”的消极心态，缺乏再尝试的勇气。

父母应该清楚，许多事情在成人看来司空见惯，但对孩子却充满了新奇和刺激。孩子与成人对世界和社会的认知存在显著差异。因此，父母在培养孩子的冒险精神时，应站在孩子的角度，深入理解孩子的思维。比如，在家庭经济条件、环境条件、社会条件以及孩子身体条件允许的情况下，也可以让孩子体验如过山车、登山、漂流、滑雪和高台跳水等活动，让孩子感受一下刺激，使他们的品格更坚强、更勇敢、更富冒险和探索的精神。

在培养孩子敢于尝试的精神时，应该注意以下几点：

1. 鼓励孩子自我挑战

现实中卓有成就的人，往往能按自己的标准，全力以赴、满腔热情地去迎接挑战，他们倾向于依靠自己的努力，集中优势，挑战自己，增强自己适应环境的能力。所以，父母要积极培养孩子自我挑战的精神，这有助于孩子克服缺点，养成良好的心态，不断取得新的进步。

2. 让孩子学会适应变化

缺乏自信的人往往也缺乏安全感，凡事希望稳妥保险。但是，生活中充满了不确定性，有许多偶然的因素在发生作用。如何适应变化，勇敢面对生活中的变故与挑战，是孩子必须学习的一课。父母可以通过一些生活实践来帮助孩子学习如何适应变化。比如暑假出游地点的选择、家人聚餐的菜单等，这些都可以让孩子认识到，适应变化需要灵活的思维和及时的反应。

3. 让孩子积极尝试新事物

生活中，单调、无聊、重复往往导致孤独、寂寞，这种寂寞会逐渐腐蚀人的心灵。积极尝试新事物，能使灰心失望、一蹶不振的人重新恢复生活的勇气，重拾生活的希望。孩子也是一样，父母可以通过提问、讨论、分享等方式，利用各种资源和机会，引导孩子了解新事物，并鼓励孩子去尝试和探索，使孩子多一些好奇感、新鲜感，保持对生活的热爱。

别把好胜心当成进取心

对于挫折，很多父母往往表现得过度谨慎，他们给缺少生活经验的孩子准备好了一切，就是怕孩子受到挫折。然而，父母不可能一辈子这样保护孩子。孩子长大成人，步入社会之后，难免会碰到各种各样的挫折，到那时，脆弱的孩子要怎样才能渡过难关？因此，只有勇敢地面对挫折，孩子才能成为生活中的强者。

8岁时奇奇就跳级上了四年级，在学习上，他的表现还不错，但有一次参加学校的运动会，他在短跑比赛中得了最后一名。奇奇从来没有遇到过这样的挫败，即使已经过去了很长时间，他仍然没有从失意的状态中走出来。

妈妈看在眼里，决定找机会和奇奇聊一聊。这天吃完晚饭，妈妈看似不经意地问道："奇奇，还在为运动会的事情难过吗？"

奇奇沮丧地说："是啊，我居然得了最后一名，太丢脸了。"

"你有没有想过这是为什么呢？"妈妈分析道，"你比参赛的其他同学都要小，他们长得比你高，腿也比你的长。我问过体育老师，他说你是同龄孩子中跑得最快的，姿势也很标准。妈妈相信，等你到了他们同样的年纪，一定会跑得比他们快。"

在妈妈动之以情，晓之以理的劝导下，奇奇的脸上终于露出了笑容，不再为过去的挫败纠结难过了。

在一次对10所重点中学的问卷调查中，有60%的学生在“你的弱点”一题中，认为自己“缺乏毅力，不能自我调适感情，经不起挫折”。由此看来，随着学习压力和竞争的增加，孩子的抗挫折能力亟需加强。

心理学家认为，对待挫折的良好心态，往往源于童年和青少年时期不断遭受挫折和解决困难的经历。

仅仅经历挫折不一定有利于孩子成长，但父母帮助引导孩子从挫折中振作起来，让他体会到自己有足够的能力战胜挫折，克服困难，这才是有效的挫折教育。

比如，孩子因为玩具操作困难而受挫，父母可以向孩子演示如何玩；孩子因为玩具被其他孩子抢了而受挫，父母可以通过角色扮演教会孩子如何争取自己的权益；孩子因为成绩不好而受挫，父母可以帮助孩子分析原因，制定学习计划。

同时，父母还要避免在挫折教育中易犯的两个错误：一是没有帮孩子总结失败的原因，从中吸取教训；二是把自己的想法强加给孩子，不让孩子自己做主。

正确的做法是，在孩子遇到挫折的时候，及时对他进行心理疏导，针对不同情况教给孩子一些应对策略，让他学会调节自己的心理。

有的孩子在遭受挫折后，将苦恼放在心里并独自承受，这会对孩子的身心健康造成不利影响。这时，父母可以引导孩子转移注意力，消除其挫败感，比如陪他外出游玩、一起看场电影或者谈论他喜欢的明星。还可以采用适当的方式让孩子将苦闷的心情发泄出来。比如用交谈或书信的方式提醒孩子，他可以用同样的方式向亲人、老师和朋友倾吐内心压抑的感情，取得别人的理解和帮助，以缓解心理压力；也可以鼓励孩子通过日记来宣泄心中的不快，从而稳定情绪，理清思路，保持心理健康。

当孩子的情绪稳定下来后，父母要和孩子一起从多个角度冷静分析受挫的原因，总结经验教训，找出失败的症结所在，必要时可以帮助孩子一步步地实现目标，让孩子体会只有战胜了困难才能前进一步，而进步、达标的过程就是不断克服困难的过程。平时父母要密切观察孩子的行动，把握其进展，如果孩子多次尝试均告失败，应及时给予帮助。

为孩子创造与同龄人交往的机会，也有助于孩子提高抗挫能力，并且让孩子接触到不同的观点，从而更好地认识自己、认识他人，改变以自我为中心的心理。在社交活动中，孩子往往会经历一些挫折，如与他人意见不合、屈居于被领导的地位等，这将使他在不断的磨炼中学会如何与人友好相处及合作，从而更好地在同伴中稳固自己的地位。另一方面，同伴之间的相互交流和学习，也能够帮助孩子更好地克服困难、解决问题。

让自卑的孩子走出自我否定

自卑感是个体对自己能力和品质评价偏低的一种消极情感，它的产生，往往不是认识上的不同，而是个体内在感受的差异。自卑的人不喜欢用现实的标准或尺度来衡量自己，而是相信或预设自己应该达到某种标准或尺度。

在心理学上，自卑属于性格的一种缺陷。孩子一旦有了强烈的自卑心理，就会造成很大的压力，这时如何排解压力就变得尤为重要。

王柯是一名初一学生，母亲带他去做心理咨询，他的问题主要是性格内向，学习成绩较差，不善于与同学交往；做事总是慢半拍，还有些强迫性行为，比如在家经常无故撕纸片、吐口水等。随着交谈的深入，心理医生了解到，因为爸爸妈妈工作繁忙没空照顾他，王柯从小就感到孤独，他上学后学习成绩不好，而爸爸每次都是黑着脸逼问他的考试成绩，所以他很害怕回家，也从不在班上发言，跟同学聊天也没人理他。强烈的自卑感使他十分苦恼，感觉自己是这个世界上可有可无的人。

青春期是人的第二次成长机遇，也是塑造孩子个性的一个关键时期。处于青少年阶段的孩子很多都存在一定程度的自卑感，他们的自卑可能源于生理上的不足与缺陷，比如比同龄人矮小、肥胖等；也可能源于成绩不好，但又无力改变现状；还可能源于家庭情况，如经济困难家庭、单亲家庭、离异家庭，等等。

自卑引起心理压力和紧张，激起逃避或退缩反应，导致焦虑，抑制自信，阻碍良好性格形成。自卑可能使孩子看不清楚自己的能力。克服自卑的关键在于树立信心，不断尝试新事物，也许改变就在下一次尝试中。

在引导孩子克服自卑、树立自信时，父母可参考以下方法：

1. 增强自信心

父母应该引导孩子正确认识自己，切不可只看到自己的短处，而看不到自己也有过人之处。要鼓励孩子发现自己的特长，积极参加有利于发展特长的活动，发挥自己的优势并努力取得更多成绩，不断巩固和增强孩子的自信心。父母还应该让孩子明白，只要你自己没有自卑感，谁也无法使你自卑。

2. 保持心理平衡

父母要告诉自卑的孩子，平时要积极地表扬自己，多以自己的优点和长处来激励自己；遇到挫折千万不能泄气，不要认为“我不行”，而要呈现出自信的姿态：“我一定能成功，再来一次。”这种自我激励与暗示，可以让孩子保持自信，通过勤学苦练逐渐缩小与别人的差距，进而赶上或超过别人。

3. 选择个性化的好方法

不同的人，个性和需求也不同，父母应该吸取“东施效颦”的教训，根据孩子的具体情况选择一些实用有效的方法，才能收到事半功倍的效果。比如，孩子的兴趣往往是其个性中积极的一面。无论是绘画、音乐，还是体育、科学，父母都应该鼓励孩子积极探索，并在孩子表现出兴趣和才能时给予大力支持，从而帮助孩子树立自信，并且找到自己的热情所在。

懂规矩的孩子更受欢迎

一名学生利用课余时间在餐馆洗盘子以赚取学费。这家餐厅有一个不成文的规定：盘子必须用水洗7遍。洗盘子的工作是按件计酬的，这名学生在洗盘子时少洗了两遍，这样一来，他的劳动效率大大提高了。不少学生向他请教技巧，他毫不避讳地说："少洗两遍就行了。"许多学生知道后，渐渐疏远了他。

当餐馆老板定期抽检盘子的清洁状况时，用仪器一下子测出盘子的清洁程度不达标，于是责问这位学生，没想到他却振振有词："洗5遍和洗7遍差别并不大。"老板听了淡淡地说："你是一个不守规矩的人，请你离开。"

还有一个男生，从小学到高中学习成绩一直很优秀，后来被保送进了知名大学，是很多人羡慕的对象。但大学毕业后，他的表现却让人大跌眼镜，在短短一年时间里就失业了三次。前两次连试用期都没有过，第三次是他估计自己通不过试用，为了面子而主动辞职。之后他感到非常沮丧，再也不愿去找工作，整天待在家里，玩游戏玩到深夜，白天则睡大觉。

妈妈看在眼里，急在心上，于是去儿子工作过的单位找领导了解情况。公司领导很坦诚地说出了实情："你的儿子自视过高，对工作不上心，好几次给他分派任务，他却认为那些是卖力气的人干的活，拒绝完成。我批评了他一次，结果他第二天就不来上班了。另外，公司开会时他总是无精打采，有时还顶撞领导，说领导没见识。而且他觉得自己是名校毕业生，看不起同事们，所以在单位的人缘也很差……”

妈妈听了感到十分惊讶，她知道儿子一直以来确实有些自我，但没想到问题会如此严重。在她心目中那么优秀的儿子，一直都是她的骄傲，而她也觉得自己是个挺成功的母亲，可是，儿子为什么会变成现在这个样子呢？

很显然，这个男生虽然在学校里成绩优异，但他身上有着好高骛远、唯我独尊、眼高手低、自私自利等缺点，只是他的这些缺点以前都被好成绩的光芒给掩盖了。

对于孩子来说，增强适应社会的能力是一门必修课，否则便不会有真正的成长。所以，父母的一个重要职责就是从小培养孩子适应社会的能力，给孩子提供与外界接触的机会，鼓励孩子参加社会活动。因为孩子不仅是家庭的一员，也是社会的一分子，长大后要和其他社会成员和谐地相处。只有多接触社会，多参加集体活动，和不同的人沟通、合作，孩子才能学会互助互爱，适应不同的人和环境。

这个社会如同大海，只有借风才能扬帆，而所谓借风就是能够顺势而为，只有在遵守各种社会规则的基础上，孩子的前进才更有方向、更加安全。一个不懂规矩的孩子，哪怕再有能力，也会像无头苍蝇那样到处乱撞，不知道目标和方向在哪里。这样的孩子长大后很难有大的作为，甚至容易误入歧途。

孩子的言行举止要有边界

讲规矩、守规矩是一种责任和义务，也是一种境界和修养，是一个人立身处世的底线，是社会和谐有序的保障。现在很多父母在管教孩子时过于随意，认为“孩子开心就好”“孩子高兴才是最重要的”“孩子快乐成长就足够了”“孩子还小，大点就懂了”……这些心态培养出了自私自利、不懂礼貌、不守规矩的孩子，这样的孩子在成长过程中可能会变得叛逆，无法很好地适应社会。下面这位妈妈就因此得到了沉重的教训。

萧红是大家眼中公认的好妈妈。儿子早上起床，她把洗脸水打好，饭装好，然后背着书包送孩子去上学。儿子在学校打架了，她就去帮忙，狠狠地教训跟儿子打架的孩子。后来，儿子偷了班上同学的零花钱，她知道后没有作声，觉得孩子还小、不懂事。慢慢地，她发现家里的钱也时不时会少一些。她知道是儿子拿了，却装作不知道，怕伤害儿子的自尊心。后来，儿子开始翻墙偷其他邻居的东西，她每次都包庇，说不是儿子干的。再后来，在建筑工地做事的儿子犯了事，因为长期偷公司的材料，涉案金额较大，被判了3年有期徒刑。

如果父母在教育孩子时没有原则，教育出来的孩子也是没有规矩、无法自律的人。要想让孩子懂规矩，父母就应该告诉他可以做什么，不可以做什么。

有人做过一个实验，将一条鲨鱼和一群热带鱼放进同一个池子，用透明钢化玻璃将它们隔开。鲨鱼每次想捕食时，都会在钢化玻璃上碰壁。久而久之，即使将钢化玻璃取走，鲨鱼也不会再过去捕食。这个实验表明，行为可能会形成惯性，心理可能会产生依赖。不过，换个角度来看，实验中的钢化玻璃也可以理解为行为的边界。孩子有了边界意识，形成了敬畏之心，就能够自觉恪守底线、遵守规矩，不越雷池半步。

敬畏是自律的开端，敬畏也是行为的界限。父母一定要认识到，规矩对孩子是十分重要的，不能随意改变或忽视。下面举几个例子：

家长 A：升国旗还要穿校服，今天这么冷，不会把孩子冻坏了吧？

家长 B：现在虽然是红灯，但路上一辆车也没有，我们赶紧跑过去吧。

制定规矩不难，难的是父母摆正态度，正确地执行规矩。如果父母对待规矩过于随意，更不可能引起孩子的重视，这样一来，规矩也就失去了应有的效力。

所以，在给孩子制定规矩后，就必须遵守，孩子违反了规矩就必须受到惩罚，而且规矩一旦开始执行，就要坚持到底，不能心软。

比如，孩子没有按约定整理玩具，你把孩子抱到墙角，这时孩子服软了，说：“妈妈，我错了，我现在就把玩具收拾好。”但你不能轻易放弃原则，告诉他：“现在已经太迟了，不过下一次你一定要做到。”说完继续执行已经确定的惩罚。

又如，孩子几天没有做英语作业，当老师向你反映这个情况后，你就要求孩子必须在娱乐之前完成作业，以此强化孩子对按时完成作业的认识，他会恳求你让他出去玩，但是你绝对不能妥协。

离开惩罚，就谈不上规矩，只有惩罚才能让孩子敬畏规矩，只有敬畏规矩才有自律。缺失了惩罚这一环节，规矩也就失去了警示作用。孩子认错不再是发自内心，而且会把认错当成逃避惩罚的手段。孩子长大后，还可能抱着侥幸心理去触碰法律的底线，因为他觉得自己可以逃避惩罚，但社会不是家庭，只要犯了法，即使他认罪，仍然要接受法律的惩罚。所以，家庭的规矩和社会的法律要保持一致，孩子如果在家里能做一个敬畏规矩的人，将来在社会上也更有可能成为守法的公民。

做不妥协不迁就的父母

苏联教育家马卡连柯曾经指出："人们时常说，我是母亲，我是父亲，一切都让给孩子，为他牺牲一切，甚至牺牲自己的幸福，这恐怕是父母送给孩子的最可怕的礼物了。这种可怕的礼物可以这样来比方，如果你想毒死你的孩子，就给他吃一剂足量的你个人的幸福，这样他就可以被毒死。"这种说法或许会伤父母们的心，但它一针见血地道出了一个深刻真理：过度纵容孩子，无异于害了他们。我们来看一个案例：

放学回家后，小诺对妈妈说："妈妈，我能吃块饼干吗？"妈妈不同意，说："不可以，马上就要吃晚餐了。"小诺缠着妈妈说："可是我现在就想吃嘛！"妈妈仍然摇摇头。小诺继续哀求道："我太饿了，想吃点饼干！"妈妈仍然拒绝，但僵持几分钟后，妈妈投降了，她并没有意识到这次答应孩子会不会产生什么不良后果，而小诺则通过这件事学到了一点：当妈妈拒绝她的要求时，只要她不停地哀求、纠缠，最后一定能得到她想要的东西。

当孩子提出无理要求时，最初只是在试探父母的态度。如果父母的拒绝态度不坚定，孩子通常会继续纠缠；当遭到父母再次拒绝时，孩子会见机行事，或停止要求，或使出“撒手锏”，这时如果父母选择妥协退让，那么，孩子日后很有可能会变本加厉，而且这也在无形中纵容了孩子的任性习惯，以后孩子会以此为要挟来达到自己的目的。

教育专家认为，迁就、顺从孩子的不合理要求，实际上是在助长其以自我为中心的心理。这种自我意识的无限膨胀，容易让孩子变得自私自利，完全不知道理解和感激父母，认为一切都是理所当然的。从未经历过拒绝的孩子，长大以后是经受不起挫折的考验的。因此，父母要以理智的爱来教育孩子，学会对孩子说“不”。

当然，这不是让父母生硬粗暴地拒绝孩子，而是要理解孩子的情绪，合理地进行引导。一方面坚持对孩子的约束，不答应孩子的无理要求。比如吃饭的时候，孩子因为饭菜不合口味而拒绝吃饭，父母应明确表示饭菜已经准备好了，下次可以调整。如果孩子继续哭闹，可以饿他一顿，等他感到饥饿时，自然会找东西吃。另一方面，父母在情绪上要理解孩子，有意识地引导和培养孩子的独立性和明辨是非的能力。应避免与孩子发生无谓的争辩，以免引发孩子的逆反心理。

在拒绝孩子的不合理要求时，父母应该与孩子平等对话，语言要有启发性、导向性、激励性；语气应温和；谈话方式应用谈心式、商讨式，让孩子感受到父母对他的尊重、关爱和理解，从而拉近心理距离，促进情感沟通。比如，不买奢侈品或者多余的玩具，是因为要保证孩子的教育和全家的支出，而且虚荣、奢侈对人是有害的；满足孩子的合理需求是父母对孩子的爱和责任，而拒绝孩子的不合理要求也是父母对孩子的爱和责任。

对于父母来说，最难的其实是坚持自己的立场。有时父母看见孩子哭闹实在是不忍心，于是就满足他的不合理要求，开了一个不好的头。记住，在拒绝孩子的不合理要求后，千万不要再妥协，一定要坚持到底。

有时孩子没有得到满足可能会纠缠不休，这时可以暂时不去理会他，让他知道哭闹是无效的，他就会自己停下来，事后再与他坦诚交流，说明拒绝他的原因，帮助孩子理解并接受。

成长比成才更重要

小鸟长大后必须离开巢穴，学会自己觅食，这是生存的基本法则。和大自然一样，适者生存，父母太过强势或溺爱都会导致孩子能力低下，无法适应社会，最终品尝苦果。所以，父母若真正爱孩子，就应该教给孩子独立生存的本领。

现实中，有的父母认为，对孩子来说学习是最重要的。为了让孩子全身心地投入到学习中去，父母几乎包办了孩子生活中的所有事情。这反映出一些父母“重智力轻品德、重成才轻成人”的狭隘的教育思想。这种做法忽视了孩子的独立自主、勤劳勇敢等良好品质的培养，无形中使孩子养成了好逸恶劳的不良习惯，并缺乏基本的自理能力。

看看现在的新闻报道，孩子因为不能自理而出现的种种问题，让父母们头疼不已。有的孩子进入大学后，不知道怎么收拾个人物品、不会洗衣服，除了看书学习什么都不会；有的孩子大学毕业后，不愿或不能进入社会参加工作，结果成为“啃老族”；还有的孩子总是抱怨周围的环境，认为别人的服务和准备是理所应当的，缺乏自我责任意识。

教育家陈鹤琴曾经说过：“教育有一个原则——孩子进一步，大人就退一步，凡是孩子自己能做的，大人就不要替他去做。孩子进一步，大人退一步，孩子就长大了，这就叫成长，这就叫教育。”

心理学研究表明，孩子两三岁便开始萌发自主行动的意识。第一次自己吃饭，第一次独立入睡，第一次自己刷牙洗脸，第一次自己穿衣服……这些在大人看来很简单的事情，对于培养孩子的独立意识和能力起着关键作用。

父母要注意根据孩子的年龄发展特点来制定培养计划，遵循由易到难、循序渐进的原则。如果一味要求孩子完成超出其能力范围的事情，只会引起孩子的抵触，并挫伤其自信心。

随着孩子的成长，可以让孩子在家中做一些力所能及的事情，比如倒垃圾、叠衣服被子、收拾玩具、打扫卫生、洗菜，增强孩子独立做事的能力。父母还要引导孩子做事时全方位考虑问题，关注每一个细节，因为细节决定成败。这些事虽然不是孩子必须要做的，却是必不可少的一项技能，有利于培养孩子的责任感。

千万不要因为孩子动作慢，做得不够好，于是进行干涉，这样只会让孩子产生强烈的挫败感，对培养孩子的独立性大为不利。父

母不妨告诉孩子做事的步骤和注意事项，孩子经过几次尝试后，自然熟能生巧。

当然，孩子的独立性不是一蹴而就的，这是一个长期的、不断内化的过程，需要父母反复强化和持之以恒的引导。当孩子掌握了某项技能或能够独立完成某件事时，父母要督促孩子反复练习，直至养成习惯。

分享是最高级的拥有

生活中，有的孩子性情暴躁、任性自私，独占玩具不愿与人分享，稍有不顺心就大哭大闹；在人际交往中不讲礼貌，一不高兴就辱骂或动手打人；对小朋友不讲友爱，不讲团结，以自我为中心，俨然是一个小霸王，犯了错误听不进批评，还蛮不讲理。

这些孩子一般在家里被溺爱无度，大人往往无条件地满足孩子的所有需求，虽然有时只是想息事宁人，让孩子不要哭闹，久而久之却使孩子变得任性霸道。与人相处时，孩子总想自己掌控一切，实际上，游戏规则已经变化了，他必须遵从另一种规则，于是孩子就用尖叫、强占等过激行为来表达自己的愤怒。

孩子的霸道行为表面上看是不吃亏，但是，这种行为对孩子的成长是有害的，也不会受到人们的欢迎。

有些父母可能会纳闷，自己并没有教孩子这样做，孩子是怎么变得这么霸道的呢？

一是天生气质。每个孩子天生的气质和个性都不同，有一种气质类型的孩子容易在困难和挫折面前表现出鲁莽、冲动以及易怒的情绪，正是这种情绪间接引发了孩子的霸道行为。

二是自我意识。有的孩子自我意识很强，个性独立，什么事都以自己为中心，尤其是在集体中，他希望自己能主导一切，这也是一种霸道的表现。

三是环境影响。有的孩子在家庭生活中缺乏温暖，父母常常使用强制手段来对待孩子；或者父母缺乏民主作风，孩子没有应有的自主权。在这样的环境中长大的孩子，与人相处时可能会把受压抑的情绪发泄到别人身上，或是模仿父母的行为，盛气凌人。

四是错误认识。有的孩子可能平时较为压抑，一旦他采取对抗行为取得胜利后，就会错误地认为武力可以征服一切，于是常常使用武力来欺负其他孩子。

五是家人溺爱。现在的孩子，从出生那一刻起就成了家里的“小太阳”，只要是孩子需要的，家人就会想方设法满足孩子，时间久了，孩子自然而然就认为“我想要的就能得到”，表现在行动上就是动手抢别人的东西，就像下面的两个孩子：

小区的院子里有两个专供孩子玩的秋千，玲玲去玩秋千时，总喜欢把另一个秋千的吊绳也拿在手里，当别的孩子要玩时，她就尖叫着不让其他孩子碰。秋千本来是公共的，玲玲却把它当成自己的了。

妈妈带毛毛去游乐场玩，明明很多玩乐区都空着没有人玩，但他偏要去和别的孩子争抢，先是把正在玩秋千的小朋友推下去，然后又挤到别人正玩得高兴的积木区，把别人搭的城堡破坏掉。很快，毛毛便成了大家都讨厌的“小霸王”。

要想改变孩子霸道任性的行为，父母要注意自己的言行，还要努力培养孩子的同理心，教他们学会换位思考，这样孩子才能与同伴建立起友好的关系，并从中获得乐趣。

很多孩子在家里对物品有着优先使用权，父母总是处处迁就孩子，尤其是独生子女家庭。但是，这种以孩子为中心的相处模式很容易让孩子产生误解，误以为所有人都要让着他。这种环境可能导致孩子没有先来后到的意识，最终变成了别人眼中的“小霸王”，这是因为孩子在家里从未被教导遵守顺序和规矩。对此，父母可以在家里和孩子练习守序，慢慢地帮助孩子树立规矩意识。或者利用孩子注意力持续时间短的特点来转移其注意力，比如孩子在秋千上赖着不肯走，可以劝他说：“走，我们去试试滑滑梯。”这样的建议可能会让孩子高兴地答应下来。

对于习惯采取暴力手段来强迫其他孩子服从自己的孩子，比如因得不到玩具就打人、咬人，父母要明确地告诉孩子，暴力行为是错误的、不可取的，不仅不被父母接受，而且还会让他失去朋友。然后，父母要和孩子一起探讨遇到同样的问题应该怎样解决。

为了让孩子学会换位思考，父母还可以请大一点的孩子来配合出演一场戏。当孩子无法通过霸道行为得到自己想要的东西时，他就会自觉遵守游戏规则，如排队等候，不占着自己不玩的玩具，与其他孩子分享。

父母也可以让孩子适当经历一些挫折，在别人批评孩子霸道时，父母只做一个旁观者，事后再向孩子说明他错在哪里。不必担心孩子受委屈，孩子只有在学会遵守规矩后，才会明白如何成为一个受人欢迎的孩子。

孩子“撒泼”，父母要温柔而坚定

刘鹏每次带儿子出门都感到头疼，因为每次一到超市或商场，孩子看到自己喜欢的东西就一定要买，如果不给他买，他就哭闹不止，有时干脆躺在地上打滚，引来很多人围观。刘鹏觉得丢人，每次都向孩子妥协。现在，他更难管住儿子了，每次出门，儿子一言不合就撒泼打滚。

相信很多父母都遇到过类似的窘境，这是因为在公共场合，孩子直接面对的刺激因素更多。耀眼的灯光、斑斓的色彩、嘈杂的声音、好看的玩具，无一不在吸引孩子的眼球、分散孩子的注意力，使他受到过度的刺激，因此控制自己行为的能力也大大降低。

再如走亲戚时，孩子会因为和难得一见的表兄弟姐妹相聚而激动不已，这可能导致他们过度活跃，很难保持良好的自控力。

要想让孩子在外面自觉遵守规矩，父母带孩子外出之前要确保孩子知道自己该怎么做。最好在出行途中与孩子说好，因为孩子的记忆很短暂，讲得太早，他会记不住。父母的期望要符合孩子年龄阶段的特点，向孩子说明规矩的时候一定要明确、详细，比如：“不要从妈妈身边跑开。”“没有爸爸妈妈的允许，不许乱碰东西。”

不要太过笼统，比如“你要听话”或“不能乱来”，孩子不一定明白父母的具体要求。然后，让孩子复述这些规矩，确保他已经明白了父母的要求，并且父母只会警告他一次。

可以告诉孩子，如果他遵守规矩会得到什么奖励，比如一包糖、一个小礼物、在家里的某些特权等。答应孩子的奖励一定要兑现，这样孩子下次才会继续遵守规矩。

如果孩子在外面违反了约定，一定要及时提醒他，告诉他相应的惩罚。如果孩子不听，直接告诉他这次外出他得不到任何奖励。在很多情况下，这也相当于给了孩子惩罚。不过，有些时候父母也可以预设一定的消极后果，特别是事情比较严重时，比如孩子擅自从父母身边跑开后，陷入危险之中。最后，让孩子复述父母规定的奖惩结果：遵守规矩会得到什么，反之会失去什么。

如果孩子开始闹脾气，并且愈演愈烈，父母应马上采取措施：将孩子带到一边，避开旁人，以温和、冷静的态度跟孩子沟通，尽量让他冷静下来。如果当着其他人的面，孩子会窘迫不安，只会更加生气。

有的时候，孩子哭闹其实是在与大人沟通，而且是一种饱含情绪的沟通方式。在这个过程中，他们一直期待得到父母的安抚和理解。如果孩子知道父母懂得自己的需求，那么他就不会那么歇斯底里。所以，当孩子“无理取闹”时，父母要学会表达共情。但要注意，温和的是态度和情感，而不是无原则的妥协。

给予孩子顶嘴的权利

不少父母都有这样的烦恼，孩子有时会表现出不合作的态度，甚至跟大人顶嘴：“我不愿意”“凭什么听你的”“这不公平”……于是父母们常常被激怒，导致双方发生激烈的争执，到最后孩子还是不服气，令父母尴尬又气恼。

早上吃完早餐，妈妈对小玉说：“离上学时间还早，妈妈考考你昨天晚上要求熟读的生字吧。”但小玉继续摆弄着手里的玩具，说：“我要玩一会儿，我不想读。”妈妈有些着急了：“不行，赶紧给我读生字。”小玉一脸倔强地说：“为什么什么都要听你的？”妈妈怒道：“我是你妈，你就得听我的。”爸爸见母女俩的谈话有了火药味，赶紧过来解围：“早晨堵车，我送小玉上学去了，省得迟到。”

下午放学后，妈妈接小玉回到家，看见老师在微信群里发了作业通知，便对小玉说：“快写作业吧，今天作业比较多，吃饭前写一半，吃饭后再写一半。”小玉却说：“我吃完饭再一起写吧，现在我想先玩一会儿。”妈妈想起早晨的事情，不高兴地说：“早上你也说要先玩一会儿，现在必须听我的。”小玉说：“我自己的事情，想什么时候做就什么时候做。”

接下来几天，小玉频繁地顶嘴，不管妈妈说什么，她都要反着说。

一般来说，孩子顶撞父母大致有以下几种原因：

1. 父母不了解孩子，缺乏足够的沟通交流。父母总想用自己的人生经验去指导孩子，认为这些经验对孩子很有用，于是不容孩子分辩和表达，一味地去灌输和教育。孩子压抑久了，随着年龄的增长，慢慢就会跟父母顶起嘴来。

2. 教育方式过于简单。再小的孩子心里也有一杆秤，如果父母教育孩子时不肯多花心思，仅仅凭着一时的喜怒去赞扬或批评孩子，或对孩子发号施令、训斥孩子，时间一长，孩子就会逐渐失去对父母的信任。

3. 不顾及孩子的感受。有些父母在教育孩子时总是摆家长的架子，处理问题的方式简单粗暴，不容孩子辩解，批评教育孩子不分时间和场合。这些做法会使孩子的自尊受到伤害，从而产生抵触心理。

4. 父母所持的观点是错误的。人无完人，父母有时所持的观点存在错误，孩子对此难以苟同，自然会进行辩驳。

孩子身上的问题一般可以追溯到父母的教育方式上，当孩子顶嘴时，父母应该反思一下自己。如果父母自己都时常顶嘴，跟他人发生冲突，就无法让孩子心悦诚服地听话。因此，父母要以身作则，在日常生活中保持平和的心态，不急不躁，尊重他人，如此孩子自然会听从父母的教导而不再顶嘴。

为了让孩子有话直说，父母不应时刻以权威自居，应该在家里营造足够的民主气氛，大家各抒己见。这样才能赢得孩子的信任，鼓励他说出自己的感受，及时解决孩子面临或存在的问题。父母不必担心这样做会失去威信，其实父母越这样做，越能赢得孩子的理解和认同，也更能获得孩子的尊重。

孩子虽然小，但也有自己的想法。顶嘴的时候，孩子往往情绪激动，这时，父母最好与他保持一定的距离，不要立即回应，给双方一个冷静的时间。告诉孩子如何正确表达自己的情绪，比如，他可以说出自己的全部想法和感受；如果他很生气，也可以暂时不说话，等到情绪平复后再进行沟通。同时，父母要学会控制自己的愤怒情绪，转移一下注意力，重新理顺自己的思路，想想下一步应该怎样做。等到双方都平静下来，才是解决问题的最佳时机。可以和孩子聊一聊，了解一下他对某件事的看法，然后心平气和地交流各自的想法。在这个过程中要表现出对孩子的尊重，认真倾听孩子说话，不打断，不反驳。

有时孩子在玩游戏或看电视，身心还沉浸在愉悦的享受中，如果父母突然强令他停止并去做其他事情，孩子无法一下子从当前的愉悦中脱离出来，就会顶嘴。对此，父母应该给孩子适当的缓冲时间，比如告诉他："我现在去刷牙，等我回来时希望看到电视已经关掉了！"或者告诉他，时针指到哪个数字时就要去弹琴。这样说不仅语气和缓，也容易让孩子接受。一旦形成规律，成为孩子的习惯，再执行起来就会容易得多。

另有相关研究表明，在反抗性较强的孩子中，有 80% 长大以后独立判断能力较强；而在反抗性较弱的孩子中，只有 24% 长大以后能够独立行事。由此看出，会顶嘴、有反抗性的孩子往往更具独立潜质。

8

CHAPTER

有效联动，培养孩子的独立思考能力

学而不思则罔

拥有选择权，孩子才会变得更好

用好奇心唤醒孩子的求知欲

教育一个调皮捣蛋的孩子

思考力和领导力，让孩子成为“领头羊”

合作，让 1+1 > 2

幸福不能用金钱来衡量

攀比不一定是坏事

和孩子谈“钱”要趁早

学而不思则罔

著名哲学家、教育家苏格拉底极力主张教育不应将知识直接传授给学生，反对学生被动学习，而要通过启发、引导，让学生自发自觉地思考、学习，变被动接受为主动吸收。下面这位妈妈便经历了由直接给答案到引导孩子思考的思想转变过程：

小成正在写数学作业，最后一道数学题他不会做，于是就喊妈妈过来帮忙。妈妈拿起题看了一下，告诉小成应该如何答题。小成按照妈妈说的写完了作业，然后高兴地和小伙伴一起去玩了。

类似的事情几乎每天都会发生，一遇到不会的问题，小成就找妈妈帮忙。后来，妈妈发现给小成讲过的题目，过几天遇到类似的题，他仍然会求助如何解答。妈妈意识到直接告诉小成答案有些不妥，应该让孩子独立思考，然后引导他如何解答，这样才能真正地学会并记住。

孩子缺乏独立思考能力，主要表现为：遇到学习问题，直接请教他人，或者干脆放弃；遇到麻烦的事情，没有深思熟虑就冲动行事；迷信权威，对于权威人士的建议或者说法深信不疑，或者盲目顺从他们的言行。这样的孩子长大后，没有创新精神，只会人云亦云，很难有什么大作为。

“数字化教父”尼葛洛庞帝说：“我不做具体研究工作，只是在思考。”这句话启示我们，独立思考是一个人取得成功的最重要、最基本的品质。所以，父母要帮助孩子养成独立思考的习惯，这是成大事者必备的条件。

著名教育家陈鹤琴先生说过：“凡是孩子自己能够想的，应当让他自己想。”遵循这样的原则去教育孩子，才能培养其独立思考的能力。有的父母很注意拓宽孩子的知识面，也会耐心地回答孩子提出的问题，但往往忽略了培养孩子独立思考问题的能力。比如，有些父母给孩子讲故事，一页页、一本本地讲，孩子只是静静地听。其实，给孩子讲故事，父母也可以适当提出问题鼓励孩子思考并回答。如果孩子思考的问题超出了父母的能力范围，父母一时解释不清，不要羞于承认自己不知道，可以就这个问题和孩子一起去请教别人或查阅书籍和网络。当孩子打破砂锅问到底时，如果父母真的很忙，暂时无法回答，可以承诺稍后回答，千万不要不耐烦地打断孩子，挫伤孩子的积极性。

除了解答孩子的提问，父母还要经常向孩子提问，使孩子的大脑处于活跃状态，锻炼其思维能力。提问的时候尽量提开放性的问题，比如水的不同用途、大海为什么是蓝色的、鸟儿为什么会飞等，还可以讨论如何应对突发事件。当孩子思考问题时，应该留给他足够的时间，不要轻易把答案告诉他。如果孩子答错了，可以用提示性的问题，启发他自己去发现和纠正错误。

父母平时要多和孩子聊天交流，聊天时可以针对某个主题进行讨论，比如孩子看了一部电影以后，可以问问他："你认为男主角做得对吗？为什么？"这样的问题可以引导孩子思考，帮助他从不同的角度去看待问题。

当孩子发表意见时，无论对错，父母也要鼓励孩子把话说完，然后给予分析和适当的指导。对于孩子的正确意见，应该积极肯定和表扬，以增强孩子主动表达的信心。孩子发表自己的意见，调动自己的思维能力，用合适的方法将自己的想法表达出来，这是孩子独立思考能力的重要体现。

父母要做的就是给予孩子足够的自由和空间，让他们有机会去尝试、去犯错、去反思、去总结。只有这样，孩子才能真正学会独立思考，在未来的学习生活中拥有面对挑战、解决问题的勇气和能力。

拥有选择权，孩子才会变得更好

孩子从3岁起，自我意识开始萌发，渴望拥有“选择权”。对于这个年龄段的孩子来说，选择的结果并不重要，有选择的机会和空间才是他们所期待的。

所以，随着孩子的成长，给予其更多的自由和掌控自己生活的权利尤其重要。给予孩子自由和更多的选择权，表明了父母对孩子的信任和尊重，反过来孩子也会更加尊重、信赖父母。

心理学家武志红说过：生命的意义就在于选择，只有不断地为自己的人生做选择，这个人才算活过。相反，假若自己的人生总是由别人来做出选择，那么这个人可以说是白活了。

现在很多家庭条件优越、深受父母宠爱的年轻人之所以会有轻生的冲动，一部分原因就是他们一路走来都是父母在帮他们选择，他们找不到生活的乐趣和个人存在的意义。

一般来说，被剥夺选择权的孩子容易形成两种性格倾向：一种是一味顺从父母的选择，失去自我判断能力，变得胆小退缩，自立意识差，凡事依赖父母，无法独立做决断；另一种是被压抑太久，长大以后变得叛逆，而且做事不计后果，潜意识里认为父母会为其种种行为“买单”。

在儿童活动室，老师在给一个3岁的小姑娘讲故事。为了保证孩子们都有阅读的机会，按照规定，每个孩子每次只能从书架上拿一本书来读。这个小姑娘则拿了两本书走到老师面前，请老师给自己讲。老师对她说："我们每次只能从书架上取一本书，你能把其中的一本还回去吗？"

小姑娘果断地摇头表示拒绝。老师于是换了另一种说法："好吧，那么，你是想把这一本放回书架，还是把另一本放回书架？"小姑娘想了想，拿起其中一本放回书架上，然后师生二人愉快地开始了阅读。

这个例子说明，大人的决策权和孩子的选择权完全可以和谐地结合起来。父母的权威并不代表孩子没有选择权，而是在父母设定的选择范围内给予孩子足够的选择机会。在这里，父母的权威和决策权是教育的指导思想，而孩子所得到的选择机会，是教育的方法和技巧

14世纪的法国哲学家布里丹讲过一个关于毛驴的哲学故事：一头毛驴站在两堆数量、质量及与它距离完全相等的干草之间，它虽然享有充分的选择自由，但由于两堆干草价值相等，客观上无法分辨优劣，也就无法分清究竟选择哪一堆更好。于是，它始终站在原地不能举步，最后活活饿死了。

这个"布里丹毛驴"被人们用来喻指那些优柔寡断的人。后来，人们常把决策时犹豫不决、难以决定的现象称为"布里丹效应"。

如果孩子感到自己对生活具有掌控力，他就不会通过哭闹或者其他方式来争夺选择权。所以，父母在适当的时候给予孩子选择的机会，可以有效地减少家庭中的争执，同时加强孩子做决定的能力。这样做还能够让孩子感到自己的想法是被重视的。

当然，父母在给予孩子选择权的时候，也需要遵循一些原则：

一是从小事开始征求孩子的意见。没有自主意识的孩子，往往会压抑自己，不表达自己的意见，父母要从身边小事开始征求孩子的意见，比如餐厅点菜、挑选衣服、完成作业时间等。

二是帮助孩子分析选择的利弊。给孩子一个宽松的成长环境，尽量把对孩子的要求转化成建议，告诉孩子遇到这种事你会怎么做。如果确定孩子的选择会带来不好的后果，应该为孩子分析一下利弊，引导孩子做出正确的选择。但是，如果孩子坚持，父母要告诉他这样选择必须承担的后果。

三是在一定范围内给予孩子更多的选择权。比如："睡觉时间到了，你是听昨天的故事还是新的故事？""你今天穿黑色还是蓝色的T恤？"让孩子自己选择并承担责任是其成长过程中必须经历的，这对塑造孩子的自我价值观至关重要。

一个没有选择能力的孩子，长大以后将会因为缺乏眼光和胆识，在纷繁复杂的干扰面前不知所措，没有清晰的判断力，最终在不断的观望中失去成功的机会。所以，父母们在着力培养孩子的阅读能力、计算能力、运动能力、交际能力等实用能力的时候，千万不要忘了培养孩子生命中最重要的能力之一——选择能力。孩子拥有了选择的能力，也就拥有了奔赴幸福的能力。

用好奇心唤醒孩子的求知欲

孩子还不会说话时，就用好奇的目光探索这个多彩的世界；学会说话后，他开始问这问那，还经常提出一些稀奇古怪的问题："为什么海水是咸的？""为什么飞机不会从天上掉下来？""为什么鸟儿会飞？"可以说，每个孩子都像一名科学家，他们接触自然、观察万物，对外界充满了好奇。

孩子越喜欢提问，说明孩子越富有好奇心和想象力，可惜有的父母会说："你怎么这么多问题，烦不烦？"于是，孩子的好奇心就在父母的呵斥声中逐渐被扼杀了。如果孩子把自然界的事物都看成是司空见惯的事情，不再好奇，长大后他思考问题的角度就会很狭窄，目光也会很短浅，所有问题对他而言只有一个标准答案。

诺贝尔化学奖获得者利奥波德·鲁齐卡的父母没有什么文化，但鲁齐卡从小就有着强烈的好奇心，经常瞪着大眼睛问父母"天为什么是蓝的""水从哪里来"等许许多多的"为什么"。父母并不因此感到难堪，也从不阻止儿子发问，而是怀着喜悦的心情鼓励儿子。正是父母的鼓励，激发鲁齐卡不断地探索与突破，最终登上了科学的巅峰。

好奇心既是孩子思考的温床，也是孩子提问的源泉，要培养孩子勤于思考的习惯，就绝不能扼杀孩子的好奇心，而应该利用好孩子的好奇心，激发孩子的求知欲。

有个小男孩看着东升西落的太阳问道：“妈妈，太阳是不是永远都这么亮啊？”妈妈没有直接回答孩子的问题，而是告诉他：“过些日子我们再来看，你就会发现太阳的秘密，得到答案了。”几天后，正好是阴天，小男孩朝天上东张西望，就是看不见太阳。等到云层渐渐散去，他发现太阳躲在云里，不像晴天那么亮了。这时，他的脑子里又冒出了一个问题：“妈妈，太阳是不是永远都那么圆？”妈妈同样没有直接告诉他，而是带他到网上找日食的视频。小男孩看到太阳一点点地消失，像被什么东西吃了一样，最后又重新变回原来的样子，他高兴地叫嚷起来：“太阳真有趣，可以从圆的变成弯的，又从弯的变成圆的。”

孔子在《论语》中告诉我们：“学而不思则罔。”洛克威尔曾说：“真知灼见，首先来自于多思善疑。”先贤哲人都认为，思考是学习的点金术。如果父母能够从孩子小时候起就培养他勤于思考的习惯，对孩子的学习成长将非常有益。

父母要以积极肯定的态度鼓励孩子大胆思考、勤于提问、勇敢探索。即使是新奇甚至错误的问题，也要给予鼓励，因为重要的是孩子思考的过程。而父母最重要的任务之一是培养孩子的思考能力。父母还可以向孩子提出一些创造性的问题，让孩子自己去试验和解决，在摸索中渐渐养成创造的习惯。

在这个过程中，父母千万不要漫不经心，不认真对待孩子的问题，而要陪孩子一起寻找答案。孩子虽然小，但他能感觉到父母的态度，父母的敷衍会让他失去提问的热情，渐渐失去好奇心和求知欲。而且，如果父母一知半解，信口作答，给孩子错误的答案，他就会当成真理来记住。错误的观念一旦进入脑海，再想纠正就很困难了。所以，如果父母也对某个问题不了解，可以和孩子一起寻找答案。另外，对于孩子的提问，父母不必急于给出答案，而是进一步提出一个引人深思的问题或设置悬念，激发孩子的好奇心。

在寻找答案时，父母还要教会孩子如何查找和处理各种信息。会获取信息、处理信息的人更容易发挥其创造性。父母平时可以多和孩子讨论各种有趣的事情，告诉孩子获取信息的办法，并提醒孩子注意信息的准确性和时效性。

教育一个调皮捣蛋的孩子

据很多国家对儿童教育的研究显示，淘气的孩子往往最具有坚强的意志力，而且通常很聪明。事实上，有时孩子的淘气行为正是他具有开拓精神和创造力的一种表现，因此，一些日本教育家倡导“教育一个调皮捣蛋的孩子”。

生活中，父母之所以无法忍受孩子调皮捣蛋，首先是因为他们还没有完全理解孩子的心理和行为特点，孩子的思维不受成人世界的规则限制，在行动上更加随心所欲，常常与成人世界的各种规矩相冲撞，引发许多矛盾和冲突，从而给父母带来麻烦。尤其是男孩，进入集体以后，这种表现会更加明显。其次，父母只是看到了孩子因为调皮捣蛋而带来的麻烦，却忽视了这些行为背后的积极意义。孩子在调皮捣蛋的时候，身体和心智被全面调动起来，而且在孩子调皮捣蛋的行为中，往往蕴含着许多创新元素。

小福从小就非常淘气，幸好他有一个开明的妈妈，从来不会严厉地压制他的天性。一天上课时，一个女生突然发出一声惊叫：“蛇！”班里顿时炸开了锅，同学们大呼小叫起来。一些学生爬上了桌子，还有一些往教室外逃。年轻的女老师也慌了手脚。只有小福镇定自若地趴在桌子底下，伸手一把抓住一条蜥蜴，往一个小纸盒里一塞，放进书包，然后若无其事地坐回自己的座位。事后，班主任把小福叫到办公室狠狠批评了一顿，并找来小福的妈妈。其他老师也反映小福很淘气、贪玩，经常捉弄女同学，学习成绩不好，希望家长配合学校对他进行批评教育。

妈妈把小福领回家后，并没有批评他。她知道不分青红皂白地训斥批评孩子，是教育的大忌。沉默了一会儿，她心平气和地问道："你为什么要抓蜥蜴，不怕它咬你吗？"小福说："它没有毒，不咬人。""是吗，你是怎么知道的？""书上说的。""你什么时候抓到的？""好几天前抓到的。""这么久了，你喂什么给它吃？""我没有喂它。书上说，蜥蜴饿急了会吃掉自己的尾巴，我想试一试，看看是不是真的。不过，它直到现在也没有吃掉自己的尾巴。"妈妈没有再说什么，让他把实验做下去，并告诉他如何做观察记录，最后要求他不要再将蜥蜴带到学校去。

两个星期后，"蜥蜴的尾巴不见了。"小福兴奋不已。恰巧市里举行科技小发明小论文竞赛，妈妈鼓励小福把蜥蜴的实验记录写成一篇观察报告去参赛，结果，这篇报告获得了小论文二等奖。

那天放学后，小福把奖状端端正正地捧在胸前，在同学们羡慕的目光中走出了校门。后来，小福被同学们选为科技活动小组组长，还成了班里的学习委员。

这个事例告诉我们，淘气的孩子并非一无是处，只要父母管教得当，孩子同样能够取得成就。

据美国明尼苏达大学教育心理学专家研究，那些在自我驱动行为及创造力方面表现出色的儿童，多数具有三个突出的特点：顽皮、淘气、行为出格和放荡不羁；所作所为时逾常规；处事不拘泥，具有幽默感，尽管有时带有戏谑的态度。这些特质也是许多杰出人物儿时表现出调皮捣蛋行为的原因。

为了有效挖掘淘气孩子的潜能，让孩子快乐成长，父母要学会区分孩子的淘气与不良行为。淘气是孩子天真、幼稚、活泼的表现，是孩子探索世界的举动。淘气的行为中可能包含一些不恰当的行为，但这也许是好奇心所致。而不良行为却是品行问题，比如攻击性行为、不诚实行为、破坏性行为、恶作剧等。对于孩子的淘气，父母要宽容和引导，但对不良行为则要及时制止和纠正。

孩子往往缺乏对自我行为的把握能力，不懂得把握分寸，所以有些淘气的行为如果不加以引导会逐渐演变成不良行为。比如，孩子出于淘气把东西弄坏了，开始可能是因为好奇，但如果父母放任孩子这种行为，就可能演变成破坏性行为，即有意识地进行破坏。所以，管教孩子的淘气行为是很有必要的，而且父母可以通过一些创造性的方法来引导孩子。比如，孩子把东西扔进水盆里，这是孩子的探索行为，妈妈可以抓住机会引导他，和他一起做玩水的游戏，或做个沉浮小实验，同时告诉孩子什么东西不怕水，什么东西怕水，等等。这样，孩子的探索欲望得到了满足，又获得了相关的知识，动手能力也得到了锻炼。

思考力和领导力，让孩子成为“领头羊”

生活中，有些孩子在群体游戏中总能脱颖而出，成为领导者。他们似乎天生有一种凝聚力，让人心悦诚服地向他们靠拢并信服他们。每当集体中出现分歧时，他们总能迅速、有效地解决问题。他们还善于发现并发挥别人的优点，所以大家都喜欢他们，愿意在他们的“指挥”下行动。其实，这就是孩子的思考能力和领导能力的表现。

在社会上，具备领导能力的人有很强的竞争优势。不过，除了部分源于天赋外，思考能力与领导能力主要来自后天的塑造。如果父母在孩子小的时候就开始有意识地培养其思考能力和领导才能，并鼓励他在日常生活中积极展现，将大大增加孩子未来成功的可能性。

苗苗是一个很有主见的女孩，也是集全家宠爱于一身的幸运儿。每年过生日，父母都会为她举办隆重的生日宴会，这不，她的8岁生日很快就要到了，父母决定放手让苗苗自己去组织安排生日宴会。

苗苗十分兴奋，她将需要准备的东西和邀请的朋友分别列好了清单，然后拿给妈妈过目，并对妈妈说：“妈妈，帮我一起写邀请函吧，我一会儿给他们送过去，两个人一起写会快一些。”很快，邀请函写好了，苗苗把邀请函亲自送了出去。

回家的路上，苗苗觉得应该安排一些小节目，那样才更好玩，更热闹，光是吃吃喝喝太无聊了。她把这个想法告诉妈妈，妈妈认为这是个不错的主意，小朋友们既吃得饱，又玩得好。于是，苗苗想了几个节目：第一个节目，自己唱《世上只有妈妈好》，感谢妈妈；第二个节目，其他小朋友表演诗歌朗诵；第三个节目，猜谜语；最后大家一起唱生日歌。

晚上7点，受邀的小朋友按时来参加苗苗的生日宴会，父母也准备好了蛋糕、零食和水果。苗苗自己主持小晚会，节目一一进行。小朋友们都积极参与，玩得不亦乐乎。游戏结束后，大家一起唱了生日歌，吃了生日蛋糕。小朋友们还给苗苗送上了精心准备的小礼物。之后，大家又玩了一会儿，依依不舍地相互道别。

在这次宴会中，苗苗不仅发挥了自己的组织领导能力，得到了父母的认可和鼓励，还加深了与朋友们之间的友谊，可谓一举多得。

孩子在成长的过程中，逐渐形成了自己的想法，想按照自己的方式做事，这时，父母不要去阻止他，而要鼓励他独立完成。父母适时给出一些小建议即可，不必事事亲力亲为。

父母虽然拥有丰富的经验，但是这些经验不一定适合当下孩子成长的环境，所以不要将自己的意志强加在孩子身上。孩子需要自由地发挥自己的思想。一般来说，领导者有一个共同特点，就是能够勾勒出一幅蓝图并激励他人共同为之奋斗。要想成为“领头羊”，孩子必须敢于梦想，善于提出奇思妙想，带领大家一起付诸实践。父母要学会欣赏孩子的奇思妙想，并鼓励他去实践、去行动。在行动中，孩子能够锻炼自己实现梦想的能力，也能够吸引更多的追随者。

一般来说，孩子在自己感兴趣的领域更容易成为领导者。比如，有的孩子乐意做运动场上的“领头羊”，有的孩子在班级管理中显露才华；有的孩子在写作方面才华横溢，可以成为校报的编辑；有的孩子擅长下象棋，可以在学校的相关社团中起带头作用。当孩子在自己擅长的领域成为领导者时，有利于他树立信心，而信心是领导能力的基础。

各种竞选活动也是很好的锻炼机会。当孩子所在班级竞选学生干部时，父母应该主动做孩子竞选活动的支持者，并为孩子出谋划策。比如孩子想竞选班干部，父母可以告诉他：在学校里，要为有需要的同学提供帮助，为老师分担一些班级日常工作，同学之间要平等相待，相互尊重，这样在竞选时才会有较好的群众基础。

为了准确把握孩子的心理发展特点，父母要积极参与到孩子组织的活动中，并认真地执行孩子分配的任务，这是对孩子的一种支持，也会让孩子产生成就感。

另外，父母还要教孩子虚心向能力比自己强的人学习，以便尽快提升水平；而对不如自己的人，也要比照对方来反观自己，看看自己是不是也有这方面的不足，有则改之，无则加勉，这才是切实提高领导能力的有效途径。

合作，让 1+1 > 2

英国作家塞缪尔·巴特勒说过："不管一个人的力量大小，他要是跟大家合作，总比一个人单干发挥的作用更大。"因为个人的能力有限，看问题的角度也很单一，很难全面考虑到事物的所有方面。而与人合作，大家集思广益、一起动手，往往能更好地完成一件事。

身处现代社会，没有哪个人完全是一座孤岛，团队合作能力是社会的要求，也是孩子在未来进入职场不可或缺的重要素质。有些孩子在生活和学习中明显表现出缺乏合作精神，或者在团队活动中时常遇到困难，这不免让父母感到担忧。

小华最近陷入了苦恼之中，放学回到家总是愁眉不展，妈妈关心地询问他是不是遇到了什么麻烦。小华说："最近我和同学们的关系越来越紧张了。我觉得自己是中队长，很重要，可那些不重要的人却处处和我作对。"妈妈听了，请小华伸出他的5根手指，然后问道："现在请你告诉我，哪根手指最重要？"小华盯着5根手指看了半天，为难地说："都重要。"

"是的，5根手指都很重要，缺一不可。它们有长有短，有粗有细，配合起来才有力量。如果都一样长，那一定不好用。在集体生活中，每个人就像其中的一根手指，性格不同，爱好不同，能力不同，但每个人都很重要，每个人都有他独有的能力和作用。如果你能把每个同学看得和自己一样重要，就会发现他们的优点和长处，发现他们的作用，从而改善双方的关系，与大家和谐相处。”

小华觉得妈妈言之有理，后来还在学校成立了“五指中队”。当他改变了看问题的角度后，发现整个中队的人都很重要，每个人都有自己的长处。他按每个人的长处给队员分配了角色，并充分肯定了所有人的作用。不久，“五指中队”被评为优秀中队，小华也被同学们选为“知心队长”。

在现代社会，一个人的团队合作能力是他的核心竞争力的关键组成部分。能否培养出一个“合作型”的孩子，是对所有父母的考验。

为人父母，如果真正对孩子的未来负责，就不能只关心他们的学业成绩，还应该重视他们综合素质的培养和提高，帮助他们学会与他人和谐相处，以充分施展自身才华，从而走上成功之路。那么，怎样培养孩子的合作精神呢？

在培养孩子的合作意识时，父母可以首先从亲子活动开始。比如，家里来了客人，父母要准备丰盛的晚餐，不妨让孩子做一些力所能及的事情，比如清洗水果、摆放碗筷、盛饭，这些工作可以让孩子意识到他是家庭中的一分子，有能力为家庭做出贡献。又如做家务，全家人可以分工合作，妈妈负责做饭，爸爸负责洗碗，孩子则负责拖地，这样不仅锻炼了孩子的合作能力，同时也让他学会了做家务，培养了自理能力。

集体活动是最能培养孩子合作能力的方式。首先要提醒孩子积极参与班集体的活动，并让他在老师的带领下做好自己分内的事情，与班里的同学建立融洽的关系。同时，孩子可以和一些小伙伴组成小集体，开展一些活动，比如拼装模型玩具、做小实验，这些活动都需要孩子具备合作精神。父母还可以鼓励孩子参加足球、篮球、排球、跳绳等体育运动，这些运动既有团体之间的对抗与竞争，又有团体内部的协调与一致，有助于培养孩子的合作精神。

如果孩子不合群，父母要鼓励他多和同龄人接触、交往，让孩子有足够的时间与同伴在一起，他们可以一起交谈、分享玩具、做游戏、写作业。如果因为害怕孩子学坏而过多地进行干涉，甚至禁止孩子与同伴交往，无异于因噎废食，因为这种交往是孩子获得合作能力和情感体验的最基本条件，有利于孩子养成合作意识，扭转孤僻的性格。

为了让孩子体会到合作的好处，父母可以创造机会让他体验一下合作带来的快乐。例如，在家里，全家人一起大扫除或者去超市采购东西，让他看到合作的力量；在外面，可以给孩子及其伙伴布置一项小任务，如清理野餐后的垃圾，当他们一起完成任务后，可以给他们拍照留念，或者奖励一些小零食，让他们感受到合作的成就感。

有的时候，孩子可能不明白应该怎样与人合作，这时父母可以通过画册、电视节目或者孩子在交往中遇到的具体矛盾，生动形象地说明什么是分享与合作；还可以针对孩子在交往中可能出现的矛盾，向孩子提出一些问题，如“两个小朋友只有一个玩具怎么办”，引导孩子思考并找出适当的解决方法，比如两个人轮流玩或者一起玩。当然，针对某个具体问题可以有很多方法，但关键是要选择最合适的方法。当别的小朋友试图抢夺孩子手中的玩具时，孩子可以反抗，或者放弃，或者友好、认真地对他说：“不要抢，咱们可以一起玩。”通过比较，孩子会在感性上有所认识，尝试去处理矛盾。随着年龄和阅历的增长，孩子会渐渐明白，在合作中既要尊重他人、顾全大局，又要坚持自己的立场。

幸福不能用金钱来衡量

随着经济的发展，中国家庭的经济收入也逐渐提高，但是对孩子的金钱教育却未能同步跟进。一位学者说，金钱是把双刃剑，关键就在于用它做有益的事还是有害的事。

当父母以物质奖励为手段，激励孩子实现成长目标的时候，并未意识到，缺乏辨别能力的孩子正悄然经历着一场心态上的变化。

所谓“父母是孩子的榜样”，指的正是孩子缺乏独立的判断能力，总是趋向于模仿父母的行为，尤其是在生活方式上。没有哪个孩子天生不喜欢奢华，也没有哪个孩子愿意忍受低物质生活水平，所有孩子都渴望获得新衣美食。那种从物质享受中获得的快感，是最为直接而有力的。

林艳给刚上初中的女儿配了一部手机，没想到母女俩却多次因为这部手机发生争执。原来，女儿认为用国产手机很没面子，在同学前面抬不起头来。在她的班级里，很多同学都用苹果手机。

林艳发现，比起自己的苦口婆心和学校老师的说教，孩子更容易受到同伴的影响。“如果班里的很多同学都不缺零花钱，吃穿用度都讲究品质，我又如何教导女儿成为一个懂得量入为出、追求自我完善的人。”她更纠结的不是该不该买部苹果手机，而是教育方式的调整。她一向认为，不管家境如何，女孩子最忌爱慕虚荣，“一旦性格上有这个弱点，以后就容易受骗上当”。但现在她也不得不考虑同事给她的忠告：女孩子要适当“富养”，管得太紧，更容易滋生对物质和财富的贪恋，走上歧途。但是，如果要“富养”孩子，要达到什么程度才算富养呢？

林艳的困惑，其实在当代父母中非常普遍。当金钱至上逐渐深入人心时，家庭和学校教育要如何建筑高高的围墙，让孩子接受“非淡泊无以明志，非宁静无以致远”的古训，不至于成为物质和金钱的奴隶呢？

用金钱毁掉一个孩子容易，在纸醉金迷的世界中塑造孩子不为金钱所动的性格很难。这就更需要父母有正确的金钱观和科学的育儿方法。

培养孩子正确的金钱观，父母首先要端正自己的态度。拜金很容易助长孩子的虚荣和投机取巧的心理。真正有远见的父母，不拜金、不仇富，即便家里再富有，也不会在孩子面前炫耀财富，更不会成为孩子无限额的“提款机”。

对于孩子想买的东西，父母应该先衡量东西的性价比以及孩子的真正要求，告诉孩子“我不可能给你买所有你想要的东西，所以你只能选择最重要的”。如果确实对孩子学习成长有帮助，可以考虑买给孩子，同时教会孩子保护和珍惜物品。

由于年龄、心智、阅历等方面的限制，孩子难免陷入金钱至上、享乐为先的误区。在培养孩子的金钱观时，父母要告诉孩子金钱的用途虽然广泛，但也有局限性，钱并不是万能的，很多宝贵的东西金钱买不到的，比如幸福的生活。

此外，父母可以从古代“精忠报国”“孔融让梨”“不食嗟来之食”“舍生取义”等故事中汲取养分，和孩子一同体会中华民族的传统美德；用刘胡兰、黄继光、雷锋、钱学森等英雄人物的事迹，引导孩子主动学习英雄人物勇于奉献的精神；同时，可以利用社会热点事件，如最美女教师张丽莉的故事，跟孩子分析什么是真善美，在抨击丑恶、赞扬美好的过程中使孩子的心灵得到洗涤与净化。

攀比不一定是坏事

一个人生活在各种群体中，很自然地会将自己和周围的人进行比较。随着孩子逐渐长大，他们开始用自己的眼睛观察生活，难免会有一些迷茫，当看到别人拥有自己没有的东西或在某方面超过了自己，就会渴望拥有那样东西或超过别人。他们想和其他孩子一样拥有手机、名牌服装，以获得认同感和优越感；他们担心受到排斥，想和同学拥有更多的共同话题，这些都是可以理解的。在不断追随周围人的过程中，孩子逐渐形成了攀比心理。

祥祥原来是个朴素的孩子，上初中后，因为结识了几个家庭条件较好的朋友，她竟然变得虚荣起来了。在穿着打扮和零花钱等方面，她常常和那些富裕的孩子比，并且流露出愧不如人的自卑。这让妈妈感到很心酸，同时也很担心，一方面为自己没有能力给孩子提供更好的生活而内疚，另一方面也担心这种不切实际的攀比会压垮孩子，扭曲孩子的心灵。

孩子通常不理解个人需求的满足是要受一定条件制约的，他们只是通过观察和模仿他人来提出各种要求，比如别人有了漂亮的书包、文具、衣服、玩具，他也想要。有的家长由于自身的好胜心或是家庭经济不太宽裕，但又担心孩子受人欺侮或轻视，当孩子提到别人拥有某样东西时，家长便会急于给孩子也买一件，哪怕自己再苦再累也在所不惜，这也是导致孩子产生攀比心理的一个重要原因。

孩子不能因为父母疼爱自己而养成肆意挥霍的坏习惯，而父母心疼孩子也要讲究方法，应该引导孩子往积极向上、有助成长的方向去比较。比如，看跑步谁能坚持更久，看写字谁更工整，看家务活谁做得更好，看谁能解答某个难题，等等。

想让孩子长大后在复杂的社会环境中有自信、有尊严地生活，并且勇于追求自己的人生目标，父母要先做好榜样，活出健康的人生状态。因为父母就像土壤，孩子就像种子，只有好的土壤才能培育出茁壮成长的植物。

小然是个小学五年级的学生，经常和同学进行四驱车比赛，但他总是输。后来，他发现自己的车之所以比不上别人，是因为车是在小摊上低价买来的，没有别人的高级。当他向爸爸提出要买新车时，爸爸说："你这么喜欢车啊，我也想知道这四驱车内部是什么样子的。"于是，父子俩小心地将车拆开……这以后，小然经常查阅资料，一心想要自己组装新车，再后来，他在爸爸的支持下参加了学校的航模小组。

案例中，爸爸的做法是比较机智的，他巧妙激发了孩子的好奇心，使孩子的攀比心慢慢被科技兴趣所替代，从而形成了学习和探索的动力。

由此可见，如果父母能善加引导，不仅能避免孩子的攀比心理发展为虚荣心，而且可以将孩子的攀比心理转变为一种上进心。当然，在引导的过程中，父母一定要有足够的耐心。

首先，父母需要自省，自己日常的行为、心态是否影响了孩子；是否会不经意地说别人家（经济）怎么样；是否会因为看到孩子渴望的眼神而完全忘记了自己的底线；是否总是指责自己的孩子，夸奖别人家的孩子……有人说："父母是原件，家庭是复印机，孩子是复印件。"这种说法对教育来讲虽然有些片面，但也如实地反映了孩子出现一些问题的深层原因。

当孩子出现攀比心理时，父母不要过多指责，或者采取不当的引导方式，这样只会加重孩子的心理负担。可以让孩子参与劳动获得报酬，明白挣钱的不易，或者让孩子去体验一下比较艰苦的生活，从而树立正确的金钱观。

对于孩子因攀比心理而提出的不合理要求，父母应该坚决拒绝，让孩子了解物品的性价比，认识到实用性比盲目追求高价位更重要。有些父母出于疼爱孩子的心理，认为别的孩子有的，自己的孩子也要有。这容易让孩子产生错误的认识，以为别人有的东西自己也应该有，无形中产生攀比念头。为了杜绝这一点，当孩子基于攀比心理而提出不合理要求时，父母一定要讲明原因，坚决回绝，切忌因孩子哭闹而心软。

从积极的方面来看，孩子有攀比意识说明他存在竞争心理，父母可以引导孩子将攀比的焦点放在个人品质、学习能力、良好习惯上，激发孩子的上进心，促进孩子全面发展。此外，父母不妨鼓励孩子通过自己的努力或劳动来获得想要的东西，让孩子切身体会满足欲望需要付出的代价。

和孩子谈“钱”要趁早

日本有句教育名言：“除了阳光和空气是自然的赐予，其他都要通过劳动获得。”然而，由于缺乏生活经验，很多孩子并不了解父母的钱是如何挣来的，以为父母挣钱很容易。有专家曾对小学生做过一个调查，发现只有20%的孩子知道钱是父母辛辛苦苦挣来的，有的孩子还以为钱是直接从父母的钱袋里拿出来的。这就导致很多孩子花钱不知道节制。这一代的孩子对钱的理解如此被动、消极，就是因为大人未能及时告知他们钱从何而来，而且在教孩子如何赚钱之前，就先让他们学会了花钱。

有的父母可能认为，家人之间谈钱很伤感情，而且会让孩子变得唯利是图，眼里只有钱。这样的情况确实会发生，所以需要父母的正确引导，将重点放在劳动的价值和培养正确的价值观上。

有段时间，妈妈发现小杰总是闷闷不乐，一回到家就躲进房间里，基本不跟家人说话。这天晚饭后，妈妈把小杰叫到客厅，温和地对他说：“小杰，你最近有什么心事吗？能不能告诉妈妈，也许妈妈能帮助你。你这样闷闷不乐，妈妈也觉得没什么心情了。”在妈妈的劝导下，小杰终于开口了，他说：“妈妈，为什么我的同学每天都有很多零花钱，而我有时一分也没有，同学们都取笑我，说你们不爱我……”

妈妈心里绷紧的弦放松了一些，和爸爸商量后，她决定让小杰体验一下父母的生活。妈妈开了家小超市，周末一大早，她就把小杰叫醒，对他说：“妈妈今天身体不舒服，你能帮妈妈看下店吗？”小杰满口答应下来。中午，小杰一脸疲惫地回到家，对妈妈说：“我快累坏了！我一到店里，又要摆货品，又要搞卫生，还要接待客人。”妈妈适时表扬道：“辛苦你啦，明天妈妈正好有点事要办，还是由你来照看店里的事情吧。”小杰听了哭丧着脸，但妈妈故意装作没看见。

这以后，每到周末，妈妈都努力制造机会让小杰去超市帮忙。有一次，小杰高兴地说：“妈妈，大家都夸我很能干，说我是个小大人！”说完，小杰又问道：“妈妈，平时你每天都是那么辛苦吗？”妈妈笑道：“你说呢？”看来计划成功了，小杰知道了挣钱的不易。从此，小杰懂事了许多，不再因为零花钱的问题而闹脾气了，这让妈妈感到非常欣慰。

孩子不是天生就懂得体恤父母的，他们只有在切切实实地感受到父母的艰辛和劳苦后，才会对父母心生感激，进而严格要求自己，不辜负父母的期望和努力。

建议父母日常与孩子交流时，坦诚地跟孩子讲讲工作的辛苦和挑战，让孩子明白家里的钱来之不易，学会珍惜和合理使用金钱。如果可能的话，可以找机会带孩子到自己工作的地方，让他体验父母辛勤劳动的情景，明白劳动的价值，增强对工作和责任的认识。

当父母遇到一些困难，如失业下岗或经济困难时，可能会担心因为家庭生活困难而导致孩子自卑，于是选择节衣缩食，确保孩子吃好的、穿好的，甚至担心孩子的自尊心受打击，想方设法不让孩子知道家里的真实情况。其实，父母应该把孩子视为家庭中的重要一员，让他了解家庭的真实情况，明确自己在家庭中的责任和义务，学会为家庭做出自己的贡献。

为了让孩子对金钱有直观的认识，父母在购物时应尽量使用现金支付。现在数字化支付越来越发达，使用现金支付的机会越来越少，你是不是也有过这样的感觉，刷卡买东西特别方便快捷，但不知不觉中信用卡就刷爆了？其实不止你这样，当你带着孩子去购物，他发现你在收银员那里拿着手机比画一下，就可以满载而归，这使他完全意识不到金钱在买卖过程中所起的作用。正确的做法是：在孩子认识数字后，开始教孩子认识金钱，并且了解金钱的大小关系。在带着孩子购物的时候，尝试让孩子参与现金交易的过程，使他对不同物品的价值有一个相对清晰的概念。

父母还可以给孩子一些机会，让他去买菜、交电费等，让他知道家里的开支情况，明白金钱的流向和家庭预算的重要性。当他了解家庭的真实经济状况后，才会在购物时理性地考虑自己的需求。